More Wishing-Chair Stories

許願椅又逃跑了

許願椅 Ⅲ

伊妮·布萊敦／著
聞翊均／譯

許願椅又逃跑了

英國首相推薦・童年必讀枕邊書（許願椅3-完結篇）

作　　者：伊妮・布萊敦（Enid Blyton）
譯　　者：聞翊均
封面繪製：九　子
總 編 輯：張瑩瑩
主　　編：鄭淑慧
責任編輯：謝怡文
封面設計：周家瑤
內文排版：菩薩蠻數位文化有限公司
出　　版：小樹文化有限公司

讀書共和國出版集團
社　　長：郭重興
發行人：曾大福
業務平臺總經理：李雪麗
業務平臺副總經理：李復民
實體通路協理：林詩富
網路暨海外通路協理：張鑫峰
特販通路協理：陳綺瑩
印務經理：黃禮賢
印務主任：李孟儒
發　　行：遠足文化事業股份有限公司
地址：231新北市新店區民權路108-2號9樓
電話：(02) 2218-1417 傳真：(02) 8667-1065
客服專線：0800-221029
電子信箱：service@bookrep.com.tw
郵撥帳號：19504465遠足文化事業股份有限公司
團體訂購另有優惠，請洽業務部：(02) 2218-1417分機1124、1135

國家圖書館出版品預行編目資料

許願椅又逃跑了：英國首相推薦・童年必讀枕邊書（許願椅3-完結篇）/ 伊妮・布萊敦(Enid Blyton)著；聞翊均譯. -- 初版. -- 新北市：小樹文化出版：遠足文化發行, 2019.06
面；公分
譯自：More Wishing-Chair Stories
ISBN 978-957-0487-09-1(平裝)
873.59　　108008134

法律顧問：華洋法律事務所 蘇文生律師
出版日期：2019年6月26日初版首刷
2023年1月6日初版9刷

線上讀者回函專用QR CODE
您的寶貴意見，將是我們進步的最大動力。

立即關注小樹文化官網
好書訊息不漏接。

★ 冒險警語 ★

最後一場冒險即將展開，

這一次，彼得、茉莉，還有奇奇，

要怎麼幫助被施了魔法的王子、

如何逃離無賴國，

又要怎麼找回逃跑的許願椅呢？

目錄

1 期中假期

花園後方，小妖精正緊張的盯著小遊戲室的窗戶。知更鳥在他的旁邊飛上飛下，輕快的唱著歌。

「奇奇，你在做什麼？你想要幹嘛？你在找什麼？」

「我在找茉莉和彼得。」奇奇說。「我把許願椅藏在旁邊的樹叢下了，正等著他們回家。他們回來之後，我就可以進到遊戲室，把許願椅安全的放在裡面了。」

「但是你知道的，那兩個孩子現在還在很遠的寄宿學校念書呀。」知更鳥發出了一聲悅耳的鳥鳴。「你真是傻！」

「我才不傻。」奇奇說。「他們放期中假期，要回家待幾天。他們之前就告訴我了。本來，我把許願椅放在我媽媽家保管，我答應他們要把許願椅帶過來。我們希望許願椅在期中假期時可以長出翅膀。所以，你看吧，我才不傻！」

「對不起。」知更鳥說。「我去房子外幫你看看他們回來了沒，好嗎？我還沒有聽到他們的聲

音。通常，他們回家的時候會發出好吵的聲音。你在這裡等著，我去看看。」

他飛走了，從每一扇窗戶外觀察房子裡面，活潑的把小小的頭歪向一邊。廚房裡有位廚師，除此之外，一個人也沒有。廚師正忙著做蛋糕。

「啊——是孩子們最喜歡的巧克力麵包！」知更鳥想著。「我聽到他們在大聲敲門了。不過他們的媽媽沒辦法迎接他們，真是可惜！」

廚師威廉斯太太立刻趕到前門。兩個孩子立刻衝進門，他們各帶著一個小行李箱。進來的孩子是茉莉和彼得，他們回家過期中假期了！

「妳好，威廉斯太太！媽媽在哪裡？」彼得大喊。

「彼得，歡迎回家。」威廉斯太太說。「茉莉，也歡迎妳回家。你們的媽媽說她非常、非常的抱歉，但是她必須去照顧你們的奶奶，因為奶奶生病了。但是，你們週二回學校之前，她就會趕回來。這幾天，我會在這裡照顧你們。」

「喔。」兩個孩子失望的說。沒有了媽媽，這個家似乎都不那麼像家了。他們覺得非常悲慘。

「那爸爸呢？」茱莉說。

「他出差去了。」威廉斯太太說。「上一封信裡，媽媽沒有告訴你們嗎？」

「喔，有。」茱莉記起來了。「我忘了。喔天啊，期中假期時媽媽和爸爸都不在，真是太糟糕了！」

「我做了你們最喜歡的巧克力麵包。」威廉斯太太說，她跟兩個孩子一起走進屋裡。「我還替你們準備了冰淇淋，以及蜂巢蜂蜜。你們的媽媽說，她買了二十四罐薑汁汽水和橘子汁讓你們在這個假期喝，你們可以把飲料帶去遊戲室裡。」

「噢，好吧，聽起來滿不錯的。」彼得說。他覺得心情好一些了。「威廉斯太太，我們會先把行李拿到樓上，然後再過來吃妳的做的蜂巢蜂蜜和巧克力麵包，妳說好嗎？我們餓死了！妳知道的，學校裡的東西永遠不夠吃！」

「胡說！」威廉斯太太說。「你們兩個都胖了呢！」

兩個孩子三步併作兩步的爬上樓梯。他們站在樓梯平台的窗戶前，往下看著花園後方。他們可以從這扇窗戶看到遊戲室的屋頂。他們期待的互相看著對方。

「希望奇奇已經在那裡了。」茉莉說。「要是他在的話，許願椅一定也在，這樣，我們就可以在沒有人發現的狀況下，坐許願椅飛去冒險了！媽媽跟爸爸在家的時候，每次溜出去都很困難，而且，我們必須保守許願椅的祕密。要是椅子被搶走，然後放進博物館裡的話，那就糟糕了。許願椅是非常、非常寶貴的。」

「沒錯，能擁有許願椅真是幸運。」彼得說。「我們已經擁有許願椅很久了。走吧！我們先把東西放進臥室裡，然後再去問問威廉斯太太可不可以把下午茶拿到遊戲室。說不定奇奇已經在那裡了。」

「他應該會在外面等。」茉莉說。「門鎖住了，他進不去。真希望能趕快見到親愛的奇奇。能和妖精成為朋友真是太幸運了！」

威廉斯太太很樂意讓他們把裝滿食物的托盤帶到遊戲室去。她在托盤上堆滿了麵包、吐司和奶油，還有一片厚厚的蜂巢蜂蜜、餅乾以及剛從冷凍庫拿出來的冰淇淋。看起來好吃極了！

「我抱幾瓶薑汁汽水過去，」彼得說，「我可以連同托盤一起拿過去，但是妳要幫我拿餅乾和冰淇淋，它們看起來快要滑下去了！」

「那我把遊戲室的鑰匙一起帶下去。」茉莉說。她把鑰匙從鉤子上拿起來。接著，兩個人拿好所有東西，既興奮又小心的走下樓，踏上花園的小路。奇奇會不會在那裡等他們呢？

他當然已經在那裡等他們囉，因為知更鳥已經先飛到花園後面去告訴他——孩子們已經回來了。他躲在幾株高高的蜀葵花後面，當孩子們走到遊戲室門口時，奇奇跳了出來。

「茉莉！彼得！我在這裡！」

「奇奇！真高興能見到你！」茉莉說。「先等我把這些東西放好，我要給你一個擁抱！來！」

她緊緊抱住了小妖精，奇奇差點就要被她勒扁了。他的臉上掛著大大的笑容。「鑰匙在哪裡？」他說。「我來開門。我想要在許願椅被人看到之前，趕快把它放進遊戲室裡。附近有一個煩人的棕精靈一直想要坐上我們的許願椅。」

他把遊戲室的門鎖打開，三個人都走了進去。奇奇幫孩子們把食物放好，接著跑去搬許願椅。他很快就搖搖晃晃的搬著許願椅走了進來，臉上掛著微笑

「我把椅子推倒，讓那個煩人的棕精靈滾下椅子，掉進了一叢蕁麻裡。」奇奇說。「他喊得像是天要塌了一樣。好啦，許願椅看起來跟以前一模一樣，對吧？」

「喔，真的一模一樣。」茉莉說。她開心的看著亮晶晶的許願

椅。「奇奇，你媽媽把椅子保養得真好。我們待在學校的這段時間，許願椅有沒有長出翅膀然後飛走呢？」

「許願椅長出翅膀一次，」奇奇說，「但是，那時候，我因為感冒只能躺在床上，沒辦法開開心心的坐許願椅出去玩，所以我把椅子綁在我的床腳上，以免它做出什麼蠢事，例如飛出窗戶之類的。」

茉莉輕輕笑了起來。「它試著要飛出窗戶嗎？」她問。

「喔，當然！我在大半夜被它吵醒，因為它一直拍動翅膀，還拖動了我的床。」奇奇微笑著說。「但是它沒有跑出去，到了早上，翅膀就再次消失了。所以一切都還好。」

「真希望這次假期它能長出翅膀。」彼得說。「我們的假期只有幾天而已，接著就要再次回去學校了，我們可以趁媽媽和爸爸都不在的時候，輕輕鬆鬆的去冒險一、兩次。」

「我覺得它應該會在這星期長出翅膀。」奇奇看著椅子說。他摸了摸許願椅的椅腳，想確認上面有沒有會變成翅膀的小突起。但是，他一個小突起也沒有摸到。真是太可惜了！

他們坐了下來，開始享用威廉斯太太準備的麵包和冰淇淋。這一天的天氣很熱，他們喝了很多薑汁汽水。

「要是我們一直喝這麼快，汽水很快就會喝完了！」彼得說。

「我說啊，不知道威廉斯太太會不會同意我們這次假期住到遊戲室裡呢？我們可以連晚上都

在這裡睡覺。」

「那樣一定會很好玩！」茉莉說。「我覺得，我們應該去問問看威廉斯太太。奇奇，你也可以一起住在這裡。」

事情很快就安排好了。威廉斯太太笑著點頭。「沒問題，你們可以住在那裡。」她說。「你們的媽媽說了，你們可以做任何想做的事，只要不是傻事就好。我等一下就去遊戲室幫你們鋪床。」

「喔，不用了。」彼得急忙說。「威廉斯太太，我們可以自己鋪床。」他可不希望威廉斯太太追問任何關於許願椅的事！「還有，威廉斯太太，如果妳允許的話，我們想要在遊戲室裡吃飯。我們不想要吃熱的食物，妳知道的，天氣太熱了。如果能給我們一些罐頭食物還有一瓶牛奶，我們就可以在花園裡自己摘蔬果，做沙拉吃。我們絕對不會為妳造成麻煩的。」

「你們才不是麻煩呢！」威廉斯太太說。「你們可以在這次假期做任何想做的事，只要你們能乖乖的、快快樂樂的就好。我會把罐頭、牛奶還有任何你們想要的東西都交給你們。別擔心我會去打擾你們，我不會過去的！我知道，小孩子都喜歡擁有自己的小祕密，我絕對不會過去探聽你們的祕密的。」

啊，真是太完美了！現在，他們可以在遊戲室裡吃飯，還可以在遊戲室裡睡覺。要是許願椅長出翅膀，他們就可以立刻發現！他們可以聽著許願椅發出吱嘎聲，看著椅腳上的小突起逐漸長出來，接著展開變成翅膀。一分鐘都不會浪費！

他們把所有東西都拿到明亮的小遊戲室裡，覺得有趣極了。奇奇當然躲起來了，因為沒有人知道奇奇的存在。他跟許願椅一樣，是個天大的祕密！

「好。」茉莉終於說。「一切都準備好了——食物，還有飲料、床鋪，還有給你的靠枕跟毯子哦，奇奇。我們可以一起度過一段美好的時光了！許願椅，請快點長出翅膀吧，這麼一來，一切就完美了！」

許願椅發出了非常微弱的吱——吱——嘎聲。

「你們聽到了嗎？」奇奇說。「說不定，它很快就會長出翅膀了。我們要好好看著它。要是它真的長出翅膀，我們要去哪裡呢？」

「有沒有遺失物品王國，或者類似的地方呢？」彼得說。「這學期，我把手錶弄丟了，惹了很大的麻煩。或者，我們也可以去馬戲團國或仙子國？要是能看到很多馬戲團和很多仙子，一定很棒。」

「我從來沒有聽過這種王國。」奇奇說。「我們為什麼不讓許願椅帶我們去它想要去的地方呢？不知道目的地也是一件很有趣的事！」

「喔——太好了。」彼得說。「那樣一定很刺激。許願椅，你聽到了嗎？快點長出翅膀，就可以帶我們去你想去的地方了。一定要快點哦！」

2

許願椅，吱——吱——嘎！

茉莉、彼得和奇奇在遊戲室裡，一起度過了愉快的下午。他們玩了搶牌遊戲、快樂家庭和十字棋，也一直注意許願椅有沒有長出翅膀。他們非常渴望能再次起飛去冒險。

但是許願椅一直安靜的站在原地，八點半的時候，兩個孩子已經很睏、很睏了，他們一定要上床睡覺了。

「我們最好先回屋子裡洗個澡。」彼得說。「搭火車回家讓我覺得身上髒髒的。我們可以穿好外出的衣服，這樣的話，要是許願椅長出翅膀，就可以直接起飛了。我們也可以先跟威廉斯太太說晚安，晚上，她就不用跑下來看看我們是不是上床睡覺了。」

走出門口的時候，他們發現轉角有一個人影跑走了。「是誰在那裡偷看？」茉莉立刻說。「快，彼得，快跑過去看看。」

彼得飛快的跑到遊戲室的轉角，他看到一位小棕精靈正鑽進樹叢裡。他對著棕精靈大喊。

「喂，你在幹什麼，幹嘛這在裡偷看？小心我把你抓起來哦！」一張頑皮的小臉從樹叢裡冒了出來。「我只是想看看你們的椅子有沒有長出翅膀。那是許願椅，對不對？我可不可以看它長出翅膀？」

「不是，不可以。」彼得說。「請不要在我們的花園裡偷偷摸摸的偷看！請離開！」

棕精靈做了一個鬼臉，接著就把頭縮回樹葉後面了。奇奇聽到彼得大吼大叫的聲音後，跑出遊戲室，想知道發生什麼事了。

「是你告訴過我們的那個棕精靈，就是坐在許願椅上的那個。」

彼得說。「奇奇，你要特別留意他。我們可不希望他到處跟別人說我們的祕密。」

「我會注意的。」奇奇說。他對著棕精靈鑽進去的那個樹叢大吼。「喂，偷偷摸摸的傢伙！要是再讓我看到你一次，我一定會把你綁在女巫的長柄掃把上，送你上月球！」

沒有人回應。兩個孩子回到屋子裡洗澡，奇奇則回到了遊戲室裡。

威廉斯太太做了果醬夾心海綿蛋糕給彼得和茉莉，又拿了一瓶牛奶給他們。「請問，可以再給我們一些蛋嗎？」彼得問。「我們可以自己用小瓦斯爐煮蛋，當做明天的早餐。這麼一來，我們就不用再回屋子裡吃早餐了。」

威廉斯太太笑了起來。「你們不會麻煩到我的，對不對？」她說。「好啦，這裡有四顆新鮮的雞蛋給你們，最好再多拿幾條新烤好的長條麵包，還有奶油。你們確定可以自己待在遊戲室嗎？」

「喔，很確定。」茉莉說。「我們很喜歡在那裡跟奇……」

彼得用手肘大力撞了她一下，茉莉差點就摔倒了。她閉上嘴，滿臉通紅。老天爺啊，她差點就把奇奇的名字說出來了！不過，威廉斯太太似乎沒有注意到她說了什麼。她在托盤上又放了一罐果醬，把托盤交給彼得。

「好啦，等你們需要更多食物的時候，我應該就會再見到你們了！」她說。「好好享受快樂時光吧，不要惹上麻煩哦！」

彼得和茉莉拿著托盤踏上花園裡的小路。太好了！現在，他們不用回屋子裡吃早餐了，所以，如果許願椅晚上長出翅膀，就可以安心的花很長一段時間出去冒險了！

就在他們靠近遊戲室時，他們聽到了大吼大叫的聲音。

「我說過了，要是再讓我看到你在附近偷看的話，我就要罵人了！」他們聽到奇奇說。「你竟敢自己跑進遊戲室裡！你儘管大叫吧，要是你下次再回來，我還會罵得更兇。誰叫你不好好聽從我剛剛

的警告呢？」

「你真是太壞心了！」小棕精靈哭著說。「你真是太惡毒了。你讓我覺得很受傷。我會來找你報仇的，沒錯，我會來報仇的！」

責罵聲！喊叫聲！嚎叫聲！接著是奔跑聲，一位小棕精靈差點就撞上了兩個孩子。他一頭撞上托盤，一顆雞蛋從托盤上滾了下去，正好落在他的頭上。蛋破了，他的頭頂馬上就多了一頂蛋黃小帽子！

茉莉和彼得哈哈大笑。小棕精靈不知道發生了什麼事。「我會來找你報仇的。」他大喊。「我會來報仇的！」

他一邊抱怨一邊哭泣，最後消失在一叢高高的蜀葵中。天啊、天啊——他真是個愚蠢的小傢伙，真的！

「好啦，他走了。」彼得說。「我們的一顆蛋也一起走了。沒關係，我們還有三顆蛋，一人吃一顆。喂，奇奇，我看啊，那個棕精靈之後還會來找你麻煩哦。」

「沒錯。但是，我覺得他短時間內不會回來。」奇奇說。「我剛剛罵他罵得可兇了。我已經知道他是誰了，他叫『小閒事』，是個被寵壞的棕精靈，總是喜歡到處管別人的閒事。我說啊，這個夾心海綿蛋糕看起來好好吃喔！我們要不要現在就吃一些？」

他們坐下來，開始吃晚餐。這是個美好的夏日夜晚，外面的天色還很亮。他們坐在門口，大口吃著大片果醬蛋糕，這時，一片紫色的雲突然出現。豆大的雨滴落了下來，但是陽光依舊照耀著大地，因為太陽沒有被烏雲遮住。

「你們看，那裡有一道彩虹！」茉莉說。他們全都盯著突然出現在天空上的彩虹，可愛的彩虹正閃閃發光。「真希望許願椅現在就長出翅膀，我想要飛去彩虹那裡，看看彩虹連接著地面的地方是不是真的有一甕金幣。」

「嗯，我也想去看看。」奇奇說。「我認為，目前為止都還沒有人找到那甕金幣。他們說，必須像溜滑梯一樣從彩虹上溜下去，在屁股著地的地方就藏著一甕金幣。」

「我們去花園裡吧，試試看能不能找到彩虹的尾巴在哪裡。」茉莉說。他們統統走進了花園，但是彩虹的尾巴消失在幾棵高高的樹後面，他們不知道要怎麼抵達那裡。

「總之，彩虹的尾巴離我們很遠就對了。」彼得說。「你們不覺得彩虹很可愛嗎？看起來就像很多顏色組成的一座橋。」

這時，他們突然聽到了一陣聲音，他們立刻轉過身。「該不會又是那個討人厭的棕精靈吧？」奇奇皺著眉頭說。「有人看到他嗎？」

沒有人看到他。沒有人看到他一溜煙的跑進遊戲室裡面，也沒有人看到他進去。彼得覺得不太放心。「我覺得他偷偷跑進遊戲室了。」他說。「我們最好回去找一找。」

他們回到遊戲室裡四處搜索。他們檢查了每個角落，茉莉甚至檢查了洋娃娃屋，她覺得棕精靈可能會從洋娃娃屋的小門擠進去。

「他不在遊戲室裡。」彼得最後說。「我們到處都找遍了。現在，我們先關上門吧，別讓他跑進來。外面還很亮，彩虹也很可愛，不過已經沒有剛剛那麼閃亮了。我們最好上床睡覺，我真的好睏哦。」

茉莉用渴望的表情看著許願椅。「要是它能長出翅膀該有多好！」她說。「我覺得現在正適合冒險！」

兩個孩子躺在床墊上。奇奇則躺在靠枕和毯子上。他們躺好之後，紛紛開始打呵欠。回家的第一個晚上真是美好！現在才剛過完第一天，期中假期似乎還很長呢。

茉莉是第一個睡著的。奇奇張大嘴巴又打了一個呵欠，接著也睡著了。彼得躺在床墊上看著彩虹變得越來越暗淡。他可以從窗戶看到一小部分的彩虹。

他的眼睛閉了起來，意識也越來越模糊，就在他快要睡著的時候，有個聲音把他吵醒了。

「吱吱吱——嘎！」

彼得睜開眼睛。他才正要開始做夢而已，有什麼聲音跑進他的夢鄉裡嗎？他的眼睛再次閉了起來。

「吱——吱——吱——嘎！」

啊！這個聲音讓彼得完全清醒了，他立刻坐了起來。他很清楚那是什麼聲音！那是許願椅發出來的聲音，許願椅就快要長出可愛的紅色翅膀了。他坐了起來，盯著許願椅看。

他會不會看到椅腳上的小突起呢？他很確定他一定會看到。沒錯——許願椅的右前椅腳上有個大大的突起，左邊也有一個。他可以看到後面兩隻椅腳上也有小突起。

接著，其中一個突起長出了幾根綠色的羽毛！萬歲！許願椅要為他們長出翅膀了。真是太幸運了！

彼得跑到奇奇旁邊，輕輕搖了搖奇奇，接著也輕輕搖了搖茉莉。「起床了！許願椅正在長翅膀。我們今天晚上就可以起飛了！」

茉莉和奇奇立刻跳了起來。奇奇一個翻身往許願椅跑過去。接著，臉上掛著大大的微笑看向孩子們。

「沒錯！你們看，許願椅長出翅膀了，真可愛，而且很大！快打開門，我們坐上椅子就可以出發了！」

彼得飛快的把門打開。奇奇和茉莉已經坐在椅子上了。許願椅拍了拍翅膀、上升了幾英寸。「等等，彼得！」茉莉嚇了一跳，立刻大喊。彼得衝向椅子，穩穩的坐到許願椅上。奇奇坐在椅背上，讓孩子們有更多空間。啊——他們出發了！

「告訴許願椅要去哪裡吧。」彼得說。「或者，我們這次要讓椅子帶我們去它想去的地方？」

「椅子，去彩虹那裡！」一個聲音突然說。許願椅前進的方向正好和彩虹的位置相反，因此它立刻改變路線，向快要消失的彩虹飛去。許願椅從門口飛出去、上升到天空中，兩個孩子和奇奇都緊緊抓著許願椅，覺得非常興奮。

「是誰說要去彩虹那裡？」彼得問。「茉莉，是妳嗎？還是奇奇？」

他們兩人都說不是。三個人疑惑的看著彼此。是誰說要去彩虹那邊的呢？椅子上除了他們就沒有別人了，是誰命令許願椅去彩虹那邊的？

「我覺得，可能是那個愚蠢的小棕精靈在地上亂喊的。」彼得最後說。「他一定看到我們起飛了，所以就胡亂命令許願椅去彩虹那邊。那麼——我們要去彩虹那邊嗎？」

「也可以。」奇奇說。「椅子，繼續飛吧，去彩虹那裡！」

一個聲音立刻附和：「我剛剛就是這麼說的！椅子，去彩虹那邊！」

到底是誰呀？說話的人到底在哪裡呢？這真的是非常、非常怪異的一件事！

3 夜間冒險

「一定有個隱形人跟我們一起坐在許願椅上！」奇奇說。「快！摸摸看椅子的椅座、扶手和椅背。到處都摸摸看！抓出那個人。」

不過，他們到處都摸了一遍，沒有人感覺到椅子上有其他人。他們聽到一陣竊笑，但是卻沒辦法找出竊笑的人是誰。

「總而言之，椅子絕對不可能會發出這種聲音，也不可能會竊笑。」彼得最後說。

「當然不會。椅子才沒有那麼蠢。」奇奇說。「我的老天，我們已經抵達彩虹上了！」

他們的確已經抵達彩虹上了。許願椅降落在閃閃發光的彩虹頂端。「彩虹看起來就像一座五顏六色、彎彎的橋。」茉莉說。她把一隻腳放到彩虹上。「喔，彼得——我們可以在上面行走。我從來沒有想過我們可以走在彩虹上。」

她跳到了彩虹上，然後立刻發出了一聲尖叫。

「喔，彩虹好滑！我要滑下去了！喔，彼得，救命！」

可憐的茉莉滑倒時屁股著地，沿著彎彎曲曲的彩虹快速往下滑行。「跟著她，椅子，跟著她！」彼得大喊。

「不行，不要跟著她！」那個奇怪的聲音大喊，椅子立刻停住了。彼得氣壞了。他開始用最大的音量喊了起來。

「椅子，照我說的做。跟著茉莉、跟著茉莉、跟著茉莉、跟著……」彼得的聲音很大，又不停的喊叫著，所以許願椅聽不到另一個比較小、不斷喊停的聲音。許願椅跟在茉莉後面，順著彩虹一路向下滑，這時，茉莉已經快要抵達彩虹的尾巴了。奇奇緊抓著許願椅，看起來似乎很害怕。許願椅能不能在抵達彩虹的尾巴時，剛好停下來呢？

顯然，許願椅沒辦法在抵達彩虹的尾巴時剛好停下來，但是許願椅在還沒到達尾巴之前就展開了紅色的翅膀、離開彩虹、飛上空中，因此沒有撞上茉莉。

「椅子真聰明。」彼得鬆了一口氣。「茉莉，妳還好嗎？」

「幸好我掉到一堆草上面，否則我一定會摔得很慘。」茱莉說。「我現在就回到椅子上，我可不希望椅子丟下我飛走。咦——這是什麼？」

她指著草地裡某個半埋在土裡的東西。那個東西的一側有一個把手，茱莉用力拉了一下。幾塊閃閃發光又亮晶晶的東西從裡面掉了出來。

「茱莉！是那甕金幣！」彼得大叫。「是藏在彩虹尾巴下面的那甕金幣。我們找到它了！這都是因為妳從彩虹上滑下來，一屁股著地的關係。我們把金幣拉出來吧。」

他和奇奇跳下許願椅、走到茱莉身邊。三個人一起抓住甕的把手，用力一拉。他們把甕從土裡拔了出來，同時，三個人都跌倒在地上。

「拔出來了！啊，我的天，裡面裝滿了金幣！」彼得說。他把一隻手放進甕裡面，讓金幣從指間穿過。「誰能想到呢？我們竟然是第一個在彩虹尾巴找到金幣的人！」

「把這甕金幣搬到許願椅上帶走吧。」茉莉說。「不過，我還真不知道該拿這些金幣怎麼辦呢！或許，我們可以每次遇到窮人就給他們一點金幣。」

他們把金幣抬到椅座上。就在他們想從旁邊坐上許願椅時，那個奇怪的聲音又響了起來。

「許願椅，出發！去棕精靈山！」

許願椅拍動翅膀，飛了起來。它差點就飛走了，但是彼得立刻抓住了椅子右前腳上方。他用盡所有力氣抓住許願椅，茉莉立刻伸手幫忙。他們把許願椅往下拉到兩個人中間，然後爬到椅子上。

「真是太莫名其妙了！」奇奇說。「到底是誰一直在說話？他到底在哪裡？就算他隱形了，我們也應該摸得到他才對！他差點就帶著許願椅和金幣跑掉了。我的天啊，要是能抓到他，我一定會把他變成蒼蠅，丟到蜘蛛網上！」

「許願椅，去住在鞋子中的老女人那裡！」那個聲音突然大喊，許願椅立刻轉向東邊。

「喔，才不要！」彼得生氣的大吼。「我們才不要去那裡，老女人會把我們全都留在那邊。許願椅，去你想去的地方！」

許願椅轉而飛往西邊，它改變方向的速度實在太快了，奇奇差點就從椅背上掉下去。許願椅往一片閃閃發光的高塔飛去。

奇奇往下看。「我覺得這裡應該是鐘之國。」他說。「每一座高塔裡面都有鐘。沒錯，你們聽——可以聽到鐘聲喔。」

「叮噹、叮噹、咚！」好幾十個鐘同時響了起來，鐘聲的回音在天空中圍繞著他們。許願椅不打算降落。它在高空中越過了閃亮的高塔，很快就把鐘之國拋在後頭。

「天色已經很暗了。」彼得說，他往下看。「你覺得，許願椅想去哪裡呢？」

「我覺得椅子好像有點生氣。」奇奇說。「它開始發出小小的吱嘎聲了。到底是為什麼呢？我們沒有做出會讓它生氣的事呀。真希望它不要再搖得那麼大力了。我覺得它好像想把我們搖下去。」

「沒錯。」茱莉說。「你們要抓緊喔！我說啊，你們看！下面那裡是不是有一個小鎮？奇奇，你知道那是哪裡嗎？」

奇奇往下看。「我知道，那是噩夢鎮。天啊，希望我們不是要去那裡。我可不想要陷入噩夢中，而且還不知道要怎麼醒來！」

「許願椅，繼續往前飛。」彼得立刻命令。小小的聲音也說話了：「繼續往前飛！飛到棕精靈山去！」

「又是那個聲音。」奇奇惱怒的說。「椅子，不要理那個聲音。你是我們的椅子，你要聽我們的命令！繼續往前飛，但是你可以去想去的地方。我們想要在回家之前去冒險一番。」

許願椅突然開始降落。奇奇往下看，想知道他們要去哪裡。「我們已經超過噩夢鎮了。現在正往戈伯村降落。是的，沒錯。天啊，到底是為什麼呢？戈伯是所有棕精靈的首領，壞棕精靈會被送到他身邊受處罰。」

這時，一個響亮的哭喊聲響起了。「喔天啊、喔天啊！椅子，我跟你說了，去棕精靈山！」

但是許願椅沒有理他。它才剛降落到地面，立刻有兩個長相嚴厲的棕精靈走過來，他們的鬍子都很長，眉毛雜亂。

「你們把誰帶過來受處罰了？」其中一位棕精靈說。「誰是壞棕精靈？」

「我們都不是呀。」彼得疑惑的說。「茉莉和我是人類小孩，奇奇是妖精。」

「好吧，那你們可以走了。」其中一位棕精靈說。「如果你們沒有帶壞棕精靈來給我們的領袖戈伯，是不可以降落在這裡的。」

「好的。椅子，起飛吧。」彼得說。許願椅上升到空中，但是其中一位棕精靈突然大叫一聲，抓住椅子的右邊翅膀。許願椅差點就翻倒了，奇奇從椅背上掉了下來，重重的跌坐在地板上。

「你在幹嘛啊？」他對棕精靈大吼。接著，他驚訝的瞪大眼睛。兩個棕精靈把孩子們從許願椅上推了下去，他們背朝下的跌到了地上。接著，棕精靈把許願椅倒了過來！椅子發出生氣的吱嘎聲。

「別這樣！」彼得震驚的說。接著，他更加震驚的瞪大了雙眼。在許願椅下面，有個人緊緊抓著椅座，正是偷偷摸摸跑到遊戲室外面的那個調皮小

棕精靈！

「你們看！」茉莉說。「是小鬧事，是那個討人厭的棕精靈！他一定溜進了遊戲室裡，緊緊抓住椅子下方，所以我們才沒有看到他。他跟著我們一起飛到天上，一直想要命令許願椅去他想去的地方。」

「我們找到彩虹下的金幣時，他又想要帶著金幣飛到棕精靈山去。我猜他應該住在那裡。」彼得說。「我們一直聽到的聲音就是他在說話！他一直躲在椅子的椅座下面。」

「難怪椅子會帶我們來戈伯村。」奇奇說。「它知道小棕精靈躲在下面，想要帶他來受處罰。棕精靈，把他帶走吧。他是個煩人精。」

「不、不！饒了我、饒了我！」小棕精靈哭哭啼啼的說。「原諒我吧！我只是想要坐許願椅，就只是這樣。我看到金幣的時候，打算叫椅子載著金幣飛回我家，這樣我就可以一輩子都很有錢了。」

「你真的很壞，你應該要受處罰。」彼得說。「我一點也不替你感到難過。」

「之後，他會每天被處罰一次，持續一個月。」其中一個棕精靈嚴肅的說，他抓起嚇壞了的小棕精靈。「他永遠不可以回家。」

小棕精靈大聲哭了起來。「但是我媽媽會很想念我的。她很愛我，真的很愛我，我常常幫她的忙。還有我的妹妹也很愛我，我每天都帶她去上學。拜託，拜託放我走吧。我只是想要把金幣拿給我媽媽而已。」

茉莉突然覺得他很可憐。她知道，要是她被抓走的話，媽媽一定會非常想念她的。說不定，這個調皮的小棕精靈在家裡很乖、很聽話。

她伸手拉了拉其中一位棕精靈的手臂。「請你們讓他走吧。他現在後悔了。不會再那麼壞了。」

「喔，他一定會繼續壞下去。」棕精靈說。「他現在已經是個麻煩精了。我們很快就會治理好他。」

「不、不、不。」小棕精靈哭喊著。「放我走。我想要我媽媽、我想要我媽媽。」

「付你們多少錢，你們才能讓他走呢？」茉莉問。聽到這裡，彼得覺得很驚訝。

兩個棕精靈討論了一陣子。「這個嘛，」最後，其中一個棕精靈說，「我們的主人，也就是偉大的戈伯，他最近正在建造幾座美麗的玫瑰花園，但是他的錢不夠用來建造完成每一座花園。要是你們能付一千個金幣，我們就答應把這個棕精靈放走。這是很便宜的價格了！」

「一點也不便宜。」茉莉說。「彼得，幫我把甕裡面的金幣算一算。不過，我覺得這裡的金幣沒有一千個那麼多。算算看就知道了。」

他們全都開始算金幣，小棕精靈也在旁邊幫忙。他們數了一百，然後是兩百，然後是三百、四百、五百，信不信由你，彩虹甕裡面的金幣竟然剛剛好是一千零一個。

「給你，一千個金幣。」彼得把金幣拿給他們。「我們會把最後一塊金幣還有甕都帶走，這個甕很適合放在我們的遊戲室裡。我們可以走了嗎？」

「當然可以。」兩個棕精靈開心的說。「但是我們必須警告你們，要是這個小棕精靈下次再被帶來這裡，你們要付的錢就是兩千個金幣了！再見！」

「再見。」他們說。許願椅再次飛上了空中。接下來要去哪裡呢？

「謝謝你們。」小棕精靈慚愧的說。「真的非常謝謝你們。可以請你們載我到棕精靈山去嗎？」

4 許願之地

「好啦，棕精靈，你倒是很幸運，有茉莉這樣的朋友幫你付錢。」奇奇說。他對這件事其實不是很滿意。「請你乖乖的，不然我會把這些事情統統告訴你媽媽。」

許願椅變得有一點擠了，上面有兩個孩子、一個棕精靈、一個妖精還有一個空的甕。剩下的那一塊金幣由彼得保管。他把金幣放進口袋裡。

「如果你們願意的話，我可以帶你們去許願之地。」小棕精靈愧疚的說。他非常緊張，希望能討好每個人。「這個週末，人們可以在許願之地許多少願望就許多少願望，因為週末是帕若妮公主的生日。我有一張邀請卡。你們看。」

他從口袋裡抽出一張皺巴巴的卡片，這的確是一張邀請卡。

「但是這張邀請卡是邀請你的，不是邀請我們的。」彼得說。

「上面寫『給棕精靈小閒事和他的朋友』。」棕精靈說。「我就是小閒事，你們則是我的朋友，對嗎？噢，拜託告訴我，你們是我的朋友！」

「這個嘛——好吧，我們是你的朋友。」彼得說。「從茉莉在戈伯村的舉動看來，她的確是你的朋友！奇奇，我們要去許願之地嗎？我已經想到不少願望了！」

「好，就去許願之地吧。」奇奇說。「小閒事，最好由你負責告訴椅子怎麼走，因為你才是擁有邀請卡的人。」

小閒事用非常慎重的聲音告訴許願椅要去哪裡。「請去許願之地，」他說，「去帕若妮公主的生日派對。」

許願椅發出小小的吱嘎聲，然後向上飛。現在，四處都已經很暗了，星星緩緩的出現在天空上。茉莉想睡覺了，她點著頭打瞌睡、靠在彼得身上。彼得也點著頭打瞌睡，兩個人都睡著了。奇奇和小閒事則清醒著保持警戒。許願椅飛了一整個晚上，因為許願之地在非常、非常遠的地方。

太陽升上天空，四周充滿了亮光，這時，兩個孩子終於醒來了。他們下方的土地充滿了花朵、湖泊、小溪和亮眼的皇宮。真是美麗！

「這裡的人都住在皇宮裡面嗎？」茉莉說，這麼多座皇宮讓她覺得很驚奇。

「喔，沒錯。只要許願就能輕輕鬆鬆擁有一座皇宮。」小閒事看著下面說。「等妳住膩了到處都有窗戶的巨大皇宮之後，可以許願得到一個被玫瑰覆蓋的小屋。妳想要一座皇宮嗎？我可以幫妳許願要一座皇宮！」

許願椅向下降落。它停在一片田野中，田野裡的花朵都像星星一樣不斷發著光。「我們到了。」棕精靈說。「首先，我要先許願變出一座皇宮，這麼一來，我們就可以變成公主和王子，前往帕若妮公主的生日派對了。我希望能有一座皇宮，皇宮裡要有一千零一扇窗戶！」

一座閃閃發光、又高又窄的皇宮在他們周圍靜靜升了起來。陽光透過好幾百扇窗戶照了進來。

「我要數數看窗戶有沒有一千零一扇。」小閒事說。

「喔，別這麼做！我們可不想再從頭數一千零一個任何東西了！」彼得抱怨。「我說啊——你們看許願椅。它正站在平台上，許願自己是個寶座呢！」

「我希望它能變成寶座！」茉莉立刻說。然後，我的天，親愛的許願椅真的變成了一個亮晃晃的寶座了，椅座上有一個巨大的紅色絲絨靠枕，後面掛著流蘇，看起來非常華麗。

彼得走過去，坐到許願椅上。「我希望我是一名王子！」他說。

突然間，茉莉無比震驚的發現，哥哥的外表變得像一位非常英俊的小王子，頭上戴著金色皇冠、身穿絲絨衣服，肩膀上披著一條美麗的披風。他對著茉莉微笑。「快許願變成公主吧，不然我就要下令讓妳變成公主啦！」他說。「我現在想要下很多命令。我的馬在哪裡？我的狗在哪裡？我的僕人在哪裡？」

茉莉也立刻變成了公主，她身穿一件十分漂亮的落地長洋裝，當她走動的時候，上千個鑲嵌在洋裝上的閃亮寶石都會跟著閃爍。奇奇許願希望自己有一件新衣服和一支新魔杖。小閒事依然覺得很愧疚，因此他沒有為自己許下任何願望，都是替別人許願的。

他許願能得到幾匹馬、幾隻狗、幾隻貓、幾位僕人、一些冰淇淋還有所有他能想得到的東西。

「小閒事，我覺得我們的狗夠多了。」彼得最後說。「我也不想再看到更多冰淇淋了。我覺得，我比較希望能吃一頓豐盛的早餐。你許願出來的時鐘已經指向九點了。我覺得好餓。」

棕精靈許願變出好多粥、培根和蛋，多到連貓和狗都能吃飽。僕人把馬牽出皇宮外，這讓茉莉覺得舒服多了，因為棕精靈一開始許願說，他希望這些馬能夠在這個巨大的房間裡不斷繞圈小跑。茉莉很擔心自己會被馬踢到。

這天早上真是好玩極了。一說到許願，兩個孩子能想出來的東西簡直無窮無盡！

「我想要打雪仗！我希望能有很多雪！」彼得突然說。他們從皇宮的窗戶看出去，發現外面突然落下了好多雪花，很快就堆積成又厚又密的雪地，足夠讓他們打雪仗。等到他們玩膩了打雪仗之後，還可以輕輕鬆鬆的許願讓雪統統不見，然後再許下別的願望——許願變出他們可以搭乘的飛機或者可以駕駛的火車。

「真希望整個假期都能這樣度過。」茉莉嘆息。「我覺得好開心哦。」

「這個嘛——我想我們的確會這樣度過這個週末，」彼得說，

「因為妳已經許願了，這個願望一定會成真。但是媽媽要怎麼辦呢？她不喜歡我們離家太久。」

「那我就許願讓她過來這裡。」茉莉說。但是彼得阻止了她。

「不行，不可以。」彼得說。「如果她現在跟奶奶在一起的話，她一定不想要離開奶奶身邊的，而且要是奶奶看到媽媽突然消失，她一定會很難過。我們可以在這裡好好享受，等回到家之後再試著跟媽媽解釋。」

公主的派對十分美妙。派對在下午四點開始，一直持續到午夜過後。派對上有一個很大、很大的生日蛋糕，需要六個小僕人一起合作，才能順利把蛋糕切成一片一片。蛋糕上有一百支被點燃的蠟燭！帕若妮公主一定很老了！

「對仙子來說，一百歲還很年輕。」奇奇說。「你們看，公主現在還那麼美。」

她的確很美。彼得用力許願，希望能和她跳一支舞，她立刻來到彼得身邊，像是一隻飛蛾一樣輕巧的跳起舞來。「現在，我可以跟別人說，我曾經跟公主跳過舞了！」彼得開心的想著。

第二天，他們也一樣開開心心的度過了。隔天也是，再隔天也是。兩個孩子都習慣了每一個願望都能夠實現。

「立刻變出大球的巧克力冰淇淋！」然後，說變就變，冰淇淋出現了。「我要一隻可以騎的膽小獅子！」獅子出現了，牠像貓咪一樣發出呼嚕嚕的聲音。「我想要背上長出翅膀，讓我能飛得比樹還要更高、更高！」翅膀長了出來，茉莉用力拍動翅膀，帶著她飛往高空。這種感覺真是太棒了。

第四天，兩個孩子許的願望沒有之前那麼多了。「你們厭倦許願了嗎？」奇奇問。他已經許願變出很多東西了。「啊！每個人都一樣，每個願望都能成真之後，大家過一段時間就會膩了。」

「我好像再也想不出新的願望了。」彼得說。

「我想到媽媽。」茉莉說。「希望她不會擔心我們。彼得，我們今天就應該回家了，你有注意到嗎？今天是回學校的日子。我們待在家裡的時間好短，真是太可惜了。我們幾乎沒有見到爸爸和媽媽呢。」

「喔，老天啊！這次的假期過得好快。」彼得說。「我還有很多想要在家裡做的事呢，我想要玩玩我的電動火車。茉莉，難道妳不想把洋娃娃從嬰兒床裡面拿出來玩一下嗎？」

「我當然想。」茉莉說。「喔天啊——我希望我們的假期還沒過完，這麼一來，就可以在家度過假期了！我開始覺得我們把假期浪費掉了。彼得，我覺得我們應該要回家了。你知道的，我們還要趕火車呢。回學校時千萬不能遲到。」

「好吧。奇奇，我們最好把寶座變回許願椅。」彼得說。「可以請你許願讓它長出翅膀嗎？翅膀都不見了，但是在許願之地可以靠許願讓翅膀長回來！」

翅膀當然會長回來。寶座很快就變回了他們熟悉的許願椅，奇奇許願希望翅膀能長出來，翅膀就立刻長了出來，看起來比以前還要大得多。

「小閒事，你要一起來嗎？」彼得對小棕精靈說。

「不了。我要回家找我媽媽。」他說。「再見了。謝謝你們對我這麼好。」

「你邀請我們來這裡就是最好的回報了！」茉莉說。「我這輩子從來沒有過得這麼開心過。好了——大家都準備好了嗎？許願椅，請用最快的速度帶我們回家！」

從許願之地回家的路程非常、非常遙遠。三個人都睡得很熟，許願椅飛得很小心，因為它擔心一搖動，就會把三個人都搖下去。最後，它終於往遊戲室下降，溫柔的從門口飛了進去。它輕輕傾斜，讓茉莉和彼得睡回床墊上，讓奇奇睡到靠枕上。裝過彩虹金幣的甕也滾了下來，掉在地毯上。幸好甕沒有破掉。

兩個孩子發出小小的鼾聲，他們睡得很熟，在床墊上捲成一團。

許願椅靜靜的站著，紅色的翅膀逐漸消失了，它現在就只是一張平凡的椅子。

接著，門口響起了響亮的敲門聲，有人在大聲講話。

「彼得！茉莉！你們睡得好晚啊！你們吃早餐了沒有？媽媽打電話來說，奶奶已經好多了，她很快就會到家囉。真是個好消息，對嗎？」

兩個孩子嚇了一大跳，他們看向滿面笑容的威廉斯太太。她正從門口望進遊戲室裡面。彼得坐起身、揉了揉眼睛。「啊，真是怪事！」威廉斯太太說。「你們晚上該不會都在玩遊戲吧！昨天晚上有沒有準時上床睡覺？快起床。現在都已經十點半了！」

「十點半？」茉莉驚訝的說。「威廉斯太太，今天是星期幾啊？」

「今天當然是星期六啊！」威廉斯太太訝異的說。「你們昨天回來的時候是星期五，所以今天是星期六呀！」

「但是，今天一定是星期二或星期三了。」茉莉說，她記起了在許願之地度過的美好假期。「我們不是應該要回學校了嗎？」

「上帝保佑，妳是在作夢呢！」威廉斯太太說。「啊，我要繼續去工作了。現在是星期六早上十點半，你們的媽媽等一下就會回家吃飯。好了，聽懂了嗎？」

她就這麼離開了，表情有點疑惑。她沒有看到靠枕上的奇奇，奇奇依舊睡得很熟！

茉莉看向彼得，接著突然睜大眼睛。「彼得，喔！彼得！」她說。「你記得嗎，我昨天許願說希望我們的假期還沒過完。啊，這個願望成真了！我們在皇宮裡度過一次假期，現在，我們可以在家裡再享受一次假期。真是棒透了！」

「真是不可思議！」彼得跳了起來。「太不可思議了！快起床，懶惰蟲奇奇。我們有一個大好消息要告訴你。今天不是星期二，現在才星期六而已！」

他們剛好來得及迎接媽媽回家，滿懷期待的迎來一個完美的期中假期。

「吱吱——吱——嘎！」親愛的許願椅開心的說。

5 聖誕老人與許願椅

聖誕節快到了。彼得和茉莉從寄宿學校回到了家裡過節，他們都非常期待。

「還有兩天就是聖誕節了！」彼得說。「到時候會有聖誕襪、聖誕拉炮、布丁、聖誕樹和派對。太棒了！」

第二天到了，這天晚上是聖誕夜。「過了今天之後，」茉莉說，「就是聖誕節了！」

他們一起走到花園後方的遊戲室。許願椅在遊戲室裡，但是他們的朋友奇奇不在，他去買聖誕節需要的用品了。

「奇奇說，他會把襪子掛在許願椅後面。」茉莉說。「這麼一來，聖誕老人就會幫他把襪子裝滿。那麼，要把我們買給他的禮物放在哪裡呢，彼得？」

他們把禮物放在角落的沙發上，然後跑回房子裡。這次放假回家，他們都還沒有坐許願椅去探險過，不過他們一直忙著採購聖誕用品，幾乎沒有把注意力放在許願椅上。

到了晚上，兩個孩子把他們的襪子掛在床尾。媽媽幫他們蓋好被子，親了親他們，然後關上燈。

「好了，快睡吧。」她說。「不要為了偷看一直不睡覺。」

他們很快就睡著了，兩個人夢到了許多派對和禮物。但是到了半夜，彼得突然醒了。他在睡夢中聽到一陣奇怪的聲音。那是什麼聲音呢？

是有人在外面敲窗玻璃的聲音：「叩叩叩！叩叩叩！」

「茉莉！快醒醒！」彼得喊著。「有人在敲窗戶。」

茉莉坐起來，揉了揉眼睛。

「你覺得，會不會是聖誕老人？」她用興奮的聲音問。

「當然不是！聖誕老人是從煙囪進來的。」彼得說。「快點，我們去看看是誰在外面。」

他們走到窗邊，打開窗戶，妖精奇奇立刻冒出頭來，他因為寒冷而不斷發抖，還一邊激動的喘氣。

「茉莉！彼得！發生大事了！我剛剛在遊戲室睡覺時，聽到了一陣動物奔跑的聲音，我從窗戶往外看，竟然在天空上看到了聖誕老人和他的馴鹿。那時馴鹿正好要離開，結果有東西嚇到馴鹿了。接著，我聽到了一陣撞擊聲，我很確定他的馴鹿撞到樹上，把雪橇弄壞了。你們要不要跟我一起去看看發生什麼事了？」

兩個孩子迅速穿上衣服。這天晚上很冷，他們穿上了最暖和的大衣，悄悄走下樓。很快的，他們就來到了花園後方。

月亮掛在一片雲朵的後面，照亮了萬物。

「快要午夜了。」奇奇說。「希望聖誕老人沒有受傷。」

他催促著兩個孩子，三個人一起趕到了花園後面的一片草地上，往好幾株大榆樹的方向跑去，他們在那裡看見了非常奇怪的景象。

雪橇和馴鹿被卡在樹上。在月光的照耀下，兩個孩子和奇奇把雪橇和馴鹿看得一清二楚。

「天啊。」茉莉又驚又喜的說。「不知道聖誕老人在哪裡？」

「有人正從樹上爬下來，你們看！」奇奇說。的確有人正在從樹上爬下來，就在兩個孩子看過去時，那個人從樹上跳了下來，朝他們走來。

「是聖誕老人。」彼得說。沒錯，正是聖誕老人。他們絕對不可能認錯的，因為他有一雙明亮的眼睛和一把雪白的鬍子，又穿著紅色的連帽大衣。

「先生，晚上好。」奇奇說。「我想你大概出了意外。」

「我是出了意外。」聖誕老人擔憂的說。「我的馴鹿被嚇到了之

後，用最快的速度跑了起來。牠們撞上了那株高大的樹的頂端，把我的雪橇弄壞了。現在我該怎麼辦呢？今天是聖誕夜，我還要往好幾千隻襪子裡面塞禮物呢。」

聖誕老人還帶著他的大袋子，裡面裝著滿滿的玩具。他把袋子放在地上，擦了擦額頭。

「可憐的馴鹿要怎麼辦呢？」茉莉問。

「喔，我已經通知我的馴鹿訓練員了，他們會派兩、三個人過來把馴鹿從樹枝中救出來，把牠們帶回家。」聖誕老人說。「那麼接下來，我該怎麼辦呢？我這個聖誕老人背著一大袋的玩具，等著把禮物塞進所有人的襪子裡，但是現在卻沒辦法離開這裡了。」

這時，彼得突然想到了一個絕佳的主意。他實在太興奮了，說話時幾乎是用喊的。

「聖誕老人，喔，聖誕老人！我知道你該怎麼做了。你可以借用我們的許願椅。」

「男孩，你在說什麼呢？」聖誕老人疑惑的說。「許願椅！現在已經沒有這種東西了。」

「這個嘛，我們就有一張許願椅。」茉莉說，彼得的主意讓她也開心極了。「聖誕老人，快跟我們來。我們帶你去放許願椅的地方，你看到就知道了。你可以坐在許願椅上輕輕鬆鬆的飛到每個煙囪上面。」

他們拉著滿臉笑容的聖誕老人經過草地、穿越樹籬，走進花園裡。奇奇和兩個孩子一樣興奮。他們全都走進了遊戲室，奇奇打開燈。

「就在這裡。」他驕傲的把燈舉到親愛的許願椅前面。「這就是那張美妙的椅子。你看！聖誕老人，它已經長出翅膀，準備好要載你了。說不定它早就知道你會過來。」

聖誕老人盯著椅腳上的玫瑰紅翅膀，翅膀正緩慢的前後拍動。他的眼睛在燈光的照耀下閃閃發光。

「太好了。」他說。「太好了。許願椅真是太適合了。我從來不知道還有許願椅存在於這個世界上。孩子們，我真的可以把椅子借走嗎？」

「可以。」茉莉說。

「有一個條件。」彼得突然說。

「什麼條件？」聖誕老人問。他把手中的大袋子背到肩上。

「你坐上椅子之後，帶著我們飛一小段路，讓我們看看你是怎麼滑進煙囪又跑進臥室的。」彼得懇求說。「拜託！」

「但是椅子載得動我們全部的人嗎？」聖誕老人懷疑的說。「你知道的，我很重。」

「喔，許願椅就跟十匹馬一樣強壯。」奇奇急忙說。「聖誕老人，你不知道，椅子經歷過很多冒險了。我們一起坐上許願椅出發吧。」

聖誕老人坐到許願椅上。他剛剛好把椅子塞得滿滿的。他讓茉莉坐在他的膝蓋上。奇奇像以前一樣爬到了椅背上，彼得則坐在一大袋玩具上面。

許願椅發出一陣吱嘎聲，快速的拍動翅膀、升到空中。

「出發了！」茉莉興奮的大喊。「喔，誰會想到我們今天晚上能跟聖誕老人一起飛到屋頂上去呢。這趟冒險真是棒透了！」

許願椅一飛出門，就上升到高空中。空氣非常寒冷，茉莉輕輕發起抖來。聖誕老人用寬大的大衣裹住茉莉。他們越過了卡住雪橇與馴鹿的那棵榆樹。

「你們看。」彼得說。「聖誕老人，是你叫來的那些人，他們正從樹枝中解救馴鹿。」

「太好了！」聖誕老人說。「馴鹿等一下就會沒事了。啊哈，椅子往這個屋頂降落了。孩子們，是誰住在這裡呢？」

「芬妮・道森和湯米・道森。」彼得說。「喔，聖誕老人，你有禮物能放進他們的襪子裡嗎？他們都是很乖、很聽話的小孩。」

「沒錯，我知道。」聖誕老人說。他打開一個大筆記本讀了起來，上面寫著許多名字。「啊！芬妮想要兩個雙胞胎洋娃娃和一個拼圖，湯米想要一個火車和一些鐵軌。彼得，請你把手伸進大袋子裡，幫我把這些禮物拿出來。」

彼得把手放進巨大的袋子裡面，他第一個摸到的東西就是洋娃娃、拼圖、火車和鐵軌！他把這些東西抓出來。

「你可以摸摸看裡面有沒有橘子和堅果。」聖誕老人說。「我碰到乖小孩的時候，喜歡額外給他們一些禮物。」

彼得再次把手放進袋子裡，摸到了滿滿一把堅果、蘋果與橘子。他把這些東西都拿給聖誕老人。

許願椅飛到屋頂上比較平坦的地方，正好降落在一個大煙囪旁邊。聖誕老人把茉莉從膝蓋上抱下來、站起身。

「看好了，我要滑下這個煙囪囉！」他說。然後下一秒，他就不見了！真是不可思議，這麼大的一個人，竟然可以從煙囪滑下去。

「快點！」奇奇拍了拍許願椅。「茉莉，快上來。我們可以讓椅子飛到芬妮的窗戶外面，看看聖誕老人在裡面做什麼。他不會在意的。」

許願椅從屋頂升起來，向下飛到一扇小窗戶前。它把兩隻椅腳靠在窗戶上，看起來非常危險，不過它也同時不斷拍動著翅膀，確保他們不會掉下去。奇奇和兩個孩子從窗戶往屋裡看。

芬妮和湯米晚上睡覺時開著夜燈，正好讓他們能清楚看見房間裡的情形。芬妮在嬰兒床裡面睡覺，湯米則睡在他的小床裡。

「你們看！聖誕老人的腳從火爐裡冒出來了！」奇奇興奮的說。「看起來太好笑了！現在他的膝蓋也出現了，然後是他的腰……他整個人都出現了。他竟然沒有弄髒自己，真是奇妙！」

聖誕老人從火爐中滑下來，躡手躡腳的走到芬妮的床前。床尾掛著一隻襪子。聖誕老人把橘子、蘋果和堅果放在襪子最裡面，接著把拼圖和雙胞胎洋娃娃塞進去。

芬妮動都沒有動，她睡得很熟。聖誕老人往旁邊走去，來到湯米身邊，也把他的襪子塞滿。接著，他躡手躡腳的回到煙囪，把頭放進去，很快就不見了。許願椅飛回屋頂，等待聖誕老人。他冒出來時氣喘吁吁的。

「我看到你們從窗戶外偷看了！」他說。「我被你們嚇了好大一跳。走吧！前往下一棟有小孩的房子！」

下一棟房子離得不遠，住在這裡的是哈利和羅納德，他們是兩個大男孩，就住在隔壁而已！聖誕老人在筆記本上看了看，發現他們是聽話又聰明的小孩。他們都沒有特別說想要什麼禮物。他們想讓聖誕老人幫他們挑選禮物。

「好了，讓我看看。」聖誕老人說。「我的筆記本上寫著他們是聰明的小孩。不如給哈利一本跟飛機有關的書，還有一個大的組合玩具；給羅納德一本跟船有關的書，還有一個非常困難的拼圖，怎麼樣？彼得，把你的手放進袋子裡，看你能找到什麼。」

彼得把手滑進袋子裡，當然了，他立刻摸到了書、組合玩具和拼圖！就好像玩具會自己替聖誕老人規劃好順序！彼得覺得，這大概也是聖誕老人的魔法之一。

他把禮物交給聖誕老人，然後又從大袋子裡拿出了蘋果、堅果、橘子和一些聖誕拉炮。聖誕老人離開許願椅，再次滑下煙囪。

「椅子，走吧。」茉莉說。「我們再去窗戶那裡偷看一次！」

許願椅向下飛到窗台外，試著保持平衡。哈利與羅納德都沒有夜燈，但是明亮的月光照在他們的窗戶上，讓兩個孩子和奇奇能清楚的看到房間裡發生的事。

他們看到聖誕老人從煙囪裡溜出來，走到哈利的襪子旁。接著，聖誕老人又轉身走向羅納德的床邊，這時，許願椅從窗台掉了下去。因為窗台實在太窄了，許願椅沒辦法保持在原地不動！

許願椅掉下去時，兩個孩子嚇得發出了小聲的尖叫。當然了，許願椅立刻拍動強壯的翅膀、飛回了屋頂。但是，這陣吵鬧聲已經把羅納德吵醒了，他坐了起來！

兩個孩子沒有看到接下來發生的事情，但是當聖誕老人終於從煙囪裡爬出來之後，把剛剛發生的事描述了一遍。

「你們不應該發出那麼大的聲音。」他說。「你們把羅納德吵醒了，我必須躲在一張椅子後面，直到他躺下來再次睡著才能離開！我有可能要在下面等上一個小時呢！」

「我們真的很抱歉。」

奇奇說。「許願椅滑下去，我們以為要掉下去了！我想，我們還是不要從窗戶偷看了。」

「我們不可以跟你一起從煙囪下去，對不對？」茱莉渴望的說。

「我一直很想從煙囪溜下去。」

「如果你們真的很想從煙囪溜下去的話，也不是不行。」聖誕老人說。「但是你們絕對不能發出任何聲音。好了，清單上的下一個人是誰呢？喔，樂樂．布朗，七歲。」

大家都沒說話，茱莉和彼得都在思考。樂樂跟快樂一點關係也沒有，她是個壞心又冷酷的小孩，從來不會讓任何人感到快樂。茱莉覺得很驚訝，聖誕老人竟然打算送禮物給樂樂。

但是聖誕老人並沒有要送禮物給樂樂！他大聲的讀了幾句話之後，就噘起了嘴巴。「天啊、天啊！樂樂似乎是個壞女孩。你們聽好了！『樂樂．布朗——壞心、自私，從來沒有帶給任何人快樂過。不值得在聖誕節獲得任何玩具。』好、好、好——我們恐怕得直接跳過她了。」

因此許願椅飛過了樂樂家。這位不聽話的小女孩明天早上不會在襪子裡找到任何東西！

「這是喬治家。」許願椅降落在一個斜斜的屋頂上時，彼得急忙說。屋頂實在太斜了，他們必須抓住最近的煙囪才不會滑下去。「聖誕老人，我們可以跟你一起下去嗎？」

聖誕老人點點頭，因此茉莉試著想要鑽進去煙囪裡。但是她立刻被卡住了，根本下不去！接著彼得也試了一次，但是他也卡住了，奇奇也是。聖誕老人小聲笑了起來。

「啊！看來你們不知道我的小把戲呢！我每次都得用魔法油讓煙囪變得滑溜溜的，不然我可擠不進去那些窄小的煙囪裡！以前的煙囪很寬，所以我可以輕輕鬆鬆的跳進去，但是現在的煙囪都又窄又小。奇奇，站後面一些，讓我倒一些油下去。」

聖誕老人把一個小瓶子倒過來，滴了幾滴油進煙囪裡。「茉莉，再試一次吧。」聖誕老人說。

茉莉又試了一次，這次，她輕輕鬆鬆的滑進了煙囪裡面，從底部出來之後，就到了喬治的臥室裡！真是太怪異了！茉莉聽到喬治正在床上輕聲打呼，他一定睡得很熟。

接著，彼得也滑了下來，再來是奇奇，最後是聖誕老人。「你可以負責把喬治的襪子裝滿。」他用氣音對彼得說。「你是喬治的朋友，對嗎？我知道你很喜歡他。」

「沒錯，他是個乖小孩。」彼得說。他接過聖誕老人給他的書、水果和一盒小汽車。喬治的襪子很快就塞滿了！

「幫聖誕老人做事真好玩！」彼得說。接著，他們再次從煙囪溜了出去，但是煤灰跑進奇奇的鼻子裡，他覺得好癢好癢，一直努力忍著不打噴嚏。

「阿嚏！」等到再次站到屋頂上之後，他緊緊抓住煙囪，打起了噴嚏。「阿嚏！」

「噓！」聖誕老人緊張的說。「別發出聲音！」

「阿嚏！」可憐的奇奇說。「我停不下來。阿嚏！」

聖誕老人把他拉上許願椅，他們接著飛往下一棟房子。「接下來就是你們跟我一起拜訪的最後一戶人家了。」聖誕老人說。他發現茉莉已經開始一邊打呵欠一邊揉眼睛了。「聖誕節當天，你們一定要顯得很有精神，否則別人會開始問你們到底是怎麼回事。你們這次也可以跟我一起下煙囪，接著我就要帶你們飛回家，然後自己繼續去送禮物了！」

兩個孩子和奇奇都覺得很失望，但是他們知道聖誕老人是對的。他們真的很想睡覺了。

孩子們和奇奇跟著聖誕老人從煙囪滑下去，茉莉親自在安琪拉的襪子裡塞滿了各式各樣的禮物。茉莉想著，要是安琪拉知道在襪子裡塞滿禮物的人不是聖誕老人，而是茉莉的話，不知道她會說什麼。但是就算茉莉說出這件事也沒有用，安琪拉不會相信的！

接著，聖誕老人要許願椅飛回遊戲室。它很快就飛了回去，降落在地上。

「再見了，親愛的聖誕老人！」茉莉說。她抱了抱滿臉笑容的聖誕老人，彼得也抱了抱聖誕老人，奇奇則嚴肅的和聖誕老人握了手。接著，他們看著聖誕老人坐著許願椅飛上天空，他將要繼續把禮物塞進數百隻襪子中。在消失之前，他對他們揮了揮手。

「喔，我真的好睏啊！」茉莉說。「晚安，親愛的奇奇，明天見！」

他們穿越花園、躡手躡腳的走進屋子裡，很快就睡著了。到了早上，他們看到了很棒的驚喜。

聖誕老人最後又回到了這裡，他最後拜訪的小孩正是茉莉與彼得。他一定是趁他們都睡著的時候又從煙囪爬下來，把他們的襪子都塞得滿滿的！他們看到襪子裡的好東西時，激動得不得了！禮物甚至從襪子裡滿出來，掉到地板上了呢！

「喔，我一直很想要這個！」茉莉大喊著拿出一本書。「加利亞諾先生的馬戲團！裡面還有一個會自動睜開、閉上眼睛的洋娃娃，還有玩具打字機、洋娃娃的浴室……還有，喔彼得，你看，你拿到了六種不一樣的飛機呢！」

除了飛機，彼得還拿到了好多禮物，兩個孩子快樂極了。媽媽看到這些玩具時非常震驚。

「天啊，聖誕老人怎麼給了你們這麼多禮物，他真是太寵你們了，其他人一定都會覺得你們是聖誕老人的好朋友！」她說。

「我們的確是他的朋友啊！」茉莉愉快的說。

吃過早餐後，他們跑到花園後面的遊戲室去祝奇奇聖誕快樂。奇奇拿到的禮物也和孩子們一樣多！所以你一定能猜到，聖誕節的這天早上他們過得多麼開心，有好多玩具可以玩。

「聖誕老人真是太棒了，許願椅也太棒了！」彼得說。他拍了拍安全回到原位的許願椅。「希望聖誕老人跟我們一樣，能度過一個美好的聖誕節！」

我覺得，聖誕老人的聖誕節一定也很棒，你說呢？

6 女巫的貓

聖誕假期快要結束了，這天下午，茉莉和彼得在遊戲室裡與妖精奇奇聊天。茉莉坐在魔法椅子上，一邊說話一邊編織。她正在替奇奇織一條溫暖的圍巾，因為奇奇時常在晚上跑到花園裡和小仙子說話。現在的天氣還是很冷，茉莉擔心奇奇會著涼。

正當彼得和奇奇沒有看向茉莉時，發生了一件可怕的事！許願椅突然長出了紅色的翅膀，接著拍動翅膀，從遊戲室打開的門口飛了出去！沒錯，茉莉正一個人坐在許願椅上！彼得和奇奇驚慌的大叫了一聲，追在許願椅後面。但是太遲了，許願椅已經飛得比樹還要高，他們最後看到的景象，是一臉蒼白的茉莉正焦急的從許願椅上往下看著他們。

「我說啊！許願椅不應該那麼做的！」彼得說。「現在我們該怎麼辦呢？」

「我們什麼也不能做，」奇奇說，「只能祈禱許願椅可以安全回來，就只能這樣。」

許願椅突然飛起來的那一刻，是茉莉這輩子最驚訝的一刻。她完全不知

道許願椅要把她帶去哪裡。許願椅飛了好遠，它降落的時候，茉莉發現下面是一座茂密的黑森林。

許願椅從樹林中間擠了過去，茉莉只好在椅子上縮成一團，因為樹枝一直打到她的臉。最後，許願椅終於穩穩的著地了，茉莉跳下椅子，想弄清楚自己現在在哪裡。她看到不遠處有一棟漂亮的小屋，接著，她驚訝的發現那棟小屋旁邊圍繞著粉紅色和紅色的玫瑰，這個景象讓人十分震驚，現在還沒到春天呢！

「說不定，住在裡面的是一位仙子。」茉莉想著。

她向小屋走去，小屋的門緊緊關著，但是窗戶透出了光線。茉莉認為，她最好在敲門之前先偷看一下到底是誰住在這棟小屋裡。她偷看時發現，屋子裡面有一位老女巫，她站在奇怪的亮紫色火焰前，火焰上面有一個綠色的大鍋子，鍋子裡的東西正在沸騰。

「喔！」茉莉想著。「是女巫。我覺得我不該進去。」

突然，女巫抬起頭來，她看到茉莉正往裡面偷看了。眨眼間，她就丟下了手中的長柄湯匙，衝到了門口。

「妳為什麼要在這裡監視我？」她憤怒的大吼，氣得臉都變成了像夕陽一樣的紅色。「給我過來！讓我看看妳到底是誰！如果妳是間諜的話，我會好好料理妳的！」

「可是我不是間諜！」可憐的茉莉說。她想，她最好趕快逃跑，所以她轉過身……但是，女巫抓住了她的外套袖子。

「進來！」她一邊說，一邊把茉莉推進小屋裡。她用力摔上門，回到她的綠色鍋子前面。現在，綠色的鍋子正唱著奇怪的音調，不斷冒出淺黃色的蒸氣。

「去那裡跟貓一起幫我鋪床。」女巫命令。「我現在要施展咒語了，我可不會讓妳在旁邊偷看！」

茉莉在屋裡繞了一圈尋找貓咪。角落裡，有一隻貓正在洗碗槽前面忙著洗盤子。那是一隻黑貓，但是他的眼睛像勿忘草的花朵一樣藍。真是怪極了！

黑貓放下了抹布，跑進隔壁的房間。房間裡有一張床，他們開始鋪床。就在他們鋪床鋪到一半時，女巫尖聲大叫著要黑貓過去。

「貓！立刻過來！我需要你的幫忙。」

那隻貓立刻跑了過去，而茉莉則趁機觀察周遭的環境。她發現，臥房裡有一扇打開的窗戶。太棒了！她可以很快的爬出窗戶，跑回許願椅那裡！

她爬出窗戶，但是在爬出去的途中，她把窗台上的一個大花瓶撞倒了。「匡噹！」女巫立刻猜到茉莉在做什麼。她衝進臥室，想要抓住茉莉的腿，但是已經太遲了！茉莉跑進了樹林中。

「貓！去追她！用爪子抓她！立刻把她帶回來！」女巫大叫。

藍眼睛的貓立刻跳出窗戶，追在茉莉後面。他們跑得飛快！茉莉跑到了許願椅旁邊，跳了上去，大喊：「回家，快點！」

許願椅升到空中，但是貓咪用力一跳，正好跳到其中一個扶手上。茉莉想把他推下去，但是他用爪子勾住扶手，怎麼樣都不肯放

開。

「你這隻可怕的貓！」小女孩幾乎哭了出來。「快下去！」但是貓咪動也不動。許願椅飛得越來越高、越來越高。茉莉思考著，要是貓咪撲過來的話，她該怎麼辦。但是貓咪沒有撲過來，他躲到一個靠枕後面，蹲坐下來，好像睡著了！

過了一陣子，茉莉發現許願椅快要飛回他們家的花園了。她覺得很高興。許願椅往遊戲室下降，彼得和奇奇立刻激動的衝出來。彼得抱緊了茉莉，奇奇也是。他們剛剛都好擔心她。

茉莉把剛剛那場冒險中遇到的事告訴他們。「有趣的是，」她說，「女巫的貓還在椅子上！他沒有抓我，他就躲在靠枕後面！」

奇奇跑到許願椅旁邊、掀開靠枕。沒錯，貓還在那裡！他睜開了藍色的大眼睛，看著奇奇。

妖精用力的瞪著他。接著，他摸了摸貓咪毛皮滑順的背部，然後驚喜的大喊起來。

「孩子們，快過來摸摸這隻貓！這可不是一隻正常的女巫的貓！你們有摸到他背上的隆起嗎？」

的確，彼得和茉莉都摸到了貓咪背上有兩個隆起。

「這隻貓曾經是一位仙子。」奇奇激動的說。「只要摸過貓咪的背就會知道。要是背上有兩個隆起，就代表那兩個隆起的地方以前曾經是仙子的翅膀。我說啊！我真想知道這位仙子是誰呢！」

「我們能不能把這隻貓變回原本的樣子呀？」彼得非常激動的問。

「我來試試！」聰明的奇奇說。他用粉筆在地板上畫了一個圈，接著又在外面畫了一個方形。他站在圓形和方形之間，把貓咪放在正中央。接著，他要孩子們往貓咪身上倒一些水，他則負責唸誦一些魔法字眼。

彼得拿了一大壺水，茉莉拿了一個花瓶。在奇奇唸誦一連串奇怪字眼的時候，兩個孩子往安靜的貓咪身上倒水。

接著，怪異的事情發生了！貓咪變大了，他不斷變大，背上的隆起長成了一對亮藍色的翅膀。貓咪用兩隻後腳站了起來，黑色的毛皮突然剝落，站在兩個孩子面前的，是他們這輩子見過最美麗的一位仙子！

他有一雙最明亮的藍眼睛、一頭閃耀的金髮，正愉快的看著奇奇微笑。

「謝謝你！」他說。「我是歡樂王子，蘇菲公主是我的姊姊。女巫抓住我之後，把我變成了一隻貓。她也抓走了我親愛的姊姊，把她賣給了綠綠妖術師，我姊姊現在還被困在那裡。」

「喔，王子殿下！」奇奇在俊美的王子面前深深一鞠躬，大喊著。「能夠把你變回原本的樣子真是我的榮幸。茉莉能飛到女巫的家真是太剛好了！」

「的確如此！」歡樂王子說。「我追到森林裡時，突然發現她有一張許願椅，不過當然了，女巫並不知道這件事！我決定跟著她一起跳上這張魔法椅子，幸好我趕上了！這是我第一次有機會能從女巫身邊逃走！」

「真希望我們也能救出你的公主姊姊！」彼得說。

「要是你們能幫忙就太好了！」王子說。「我也希望我們能把她救出來！但是，在我們前往綠綠妖術師所住的小山之前，我們要先有一張地圖，才能找出那座小山的位置，這個世界上只有一張地圖能顯示那座小山在哪裡。」

「那張地圖在誰的手上？」奇奇激動的問。

「在哥布靈哎呀呀那裡。」歡樂王子說。「他住在金色山丘的洞穴裡。」

「那麼，等許願椅長出翅膀時，我們就出發去金色山丘吧！」奇奇、茉莉和彼得大喊。

7 哥布靈哎呀呀

歡樂王子和奇奇一起住在遊戲室裡，等待許願椅再次長出翅膀。奇奇自願成為歡樂的僕人，開心又驕傲的替歡樂王子辦好每件事情。彼得和茉莉覺得他們真的非常幸運，竟然能擁有一張許願椅、擁有一位妖精朋友，還有一位仙子王子住在遊戲室裡。就算他們把這些冒險故事告訴其他人，也絕對不會有人相信的。

過了整整三天，許願椅才長出紅色翅膀。那天下午用過下午茶後，彼得、茉莉、奇奇和王子坐在遊戲室的火爐前面，圍成一圈玩搶牌遊戲。四個人的面前各有幾張撲克牌，這時，突然一陣風把牌全都吹跑了！

「我說啊！是不是窗戶沒關？」彼得跳起來大叫。但是窗戶關得緊緊的。他想不出來這陣風到底是從哪裡來的，這時，他突然看到了許願椅，原來是椅子正在拍動紅色翅膀！當然是許願椅囉！椅子拍動翅膀時產生的風，把牌全都吹亂了！

「你們看！」彼得興奮的大喊。「許願椅已經準備好了！走吧！椅子能載得了我們四個人嗎？」

「沒辦法，」奇奇說，「但是王子有翅膀，他可以跟著一起飛。走吧，坐上許願椅囉！不過，我說啊，我們是不是最好拿條毯子呢？今晚外面冷得要命。」

兩個孩子從沙發上抓起一條毯子，他們和妖精一起爬上許願椅，用毯子緊緊裹住自己。王子打開門，許願椅立刻飛了出去。歡樂王子則跟在後面，在飛行的過程中抓著一個扶手，以免跟丟了。

「我已經叫許願椅前往哥布靈哎呀呀的洞穴了。」奇奇說。「希望許願椅知道怎麼走。」

許願椅的確知道怎麼走！它往一座山丘飛去，在星光的照耀下，這座山丘顯得又黑又荒涼；但是就在許願椅飛進山丘上的一個大洞穴並降落之後，兩個孩子立刻發出了開心的驚嘆聲。洞穴裡面撒滿了金色的光線，不過看起來一盞燈也沒有。

「這就是為什麼大家都把這裡叫做金色山丘。」歡樂王子說。「這整座山丘裡面都有這種金色的光線。所以很多哥布靈都住在這裡，因為他們都很小氣，你們知道的，住在這座山丘不需要買蠟燭就能看得一清二楚，這讓他們滿意極了！」

兩個孩子和奇奇開始探索金色的洞穴。裡面有一條通道，可以走進山丘的中心，四個人沿著通道走進去，金色的光線讓他們能清楚看見周遭的一切事物。

通道上有許多五顏六色的門。每扇門上面都掛著一個小牌子，上面寫著住在這裡的哥布靈叫什麼名字。兩個孩子一扇門又一扇門的看

著這些牌子，但是沒有看到哎呀呀的名字。最後，他們走到最後一扇門，上面沒有名字。

「這一定就是哎呀呀的洞穴。」歡樂王子說。「這是最後一個了！」

他們敲敲門，門很快就打開了，一個外表怪異的哥布靈探出頭來。他把一個紙簍當做帽子戴在頭上，嘴巴裡叼著一支鉛筆，卻像在抽菸斗一樣不斷噴著氣。

「你們好！」他說。

「你好！」奇奇說。

「你叫什麼名字？」

「我的名字寫在門上。」哥布靈說。「我忘記我的名字了。」

「但是門上沒有寫你

的名字。」彼得說。「門上一個字也沒有。」

「喔。」哥布靈說。「好吧，你們請進，讓我想想我到底叫什麼名字。」

他們全都走了進去。門後是一個洞穴形狀的房間，裡面寬大又舒適。其中一個角落放著正在燃燒的火堆，另一個角落則擺了一張小床。房間中央有一張桌子，附近有兩、三張凳子。裡面沒有燈，因為這裡面也有奇怪的金色光線。

「你是不是叫做哎呀呀？」奇奇問。

「當然是啊。」哥布靈說。「大家都知道我叫做哎呀呀！」

「呃，你自己好像就不知道。」歡樂王子說。

「那是因為我的名字沒有寫在門上。」哥布靈說。「你們來找我做什麼呢？」

「這個嘛，有一張地圖上面標記了綠綠妖術師住的小山在哪裡，我們想知道這張地圖是不是在你這邊。」奇奇說。

「沒錯，是在我這裡。」哎呀呀說。「但，哎呀呀！我不知道地圖跑到哪裡去了！」

「你把地圖收藏在安全的地方嗎？」歡樂王子問。

「當然啦！」哥布靈說。「但是安全的地方總是特別難記得，對吧？」

「這個嘛，那你想出一個安全的地方然後告訴我們，我們幫你找找看。」茉莉說。

「可能在那個抽屜裡。」哥布靈說，他指著一個廚房桌子的抽屜。茉莉打開抽屜，接著瞪大了眼睛，露出非常驚訝的表情。抽屜裡面裝滿了豌豆，全都乾巴巴的，已經變成棕色了！

「哎呀呀！」哥布靈說。「原來夏天的那些豌豆跑到那裡去啦。好吧，不然你們可以找找看茶壺，看看地圖有沒有在裡面。」

「茶壺裡面！」彼得說。他覺得哥布靈一定是瘋了，然而他還是看了看餐具櫃裡面的茶壺，他發現裡面裝滿了別針。哥布靈看到別針時顯得很高興。

「我一直記不得我把那些別針放到哪裡去了！」他說。「你知道的，我衣服上的鈕扣常常掉下來，我總是用別針把它們固定在衣服上。所以我買了一大堆別針，我那時候想，最好把這些別針放在安全的地方，以免弄丟了。所以我就把它們放在茶壺裡，然後我就忘記它們跑到哪裡去了。」

「再告訴我們一個安全的地方。」奇奇耐心的請求。

「你們可以找找看我裝靴子的鞋盒。」哥布靈說。

他們全都開始尋找鞋盒。

「鞋盒在哪裡？」彼得最後問。「你也把鞋盒放在安全的地方了嗎？」

「喔，沒有。」哥布靈說。「讓我想想。對了！我想起來了。之前洗衣服的店員把我送洗的衣服拿回來時，他說要把裝衣服的籃子拿回去，所以我就把洗乾淨的衣服全都丟進鞋盒裡了。」

「你的想法真是不可思議！」歡樂王子說。「我覺得，那些洗好的衣服現在大概早就髒了。我看大概是這個吧，熨平機下面的這個盒子。」

他拉出了一個骯髒的舊盒子，裡面塞滿了乾淨的上衣和衣領，底部還有一些放了許久的馬鈴薯。除此之外，箱子裡面沒有其他東西了。

「我想，你大概是把蔬菜也裝在這個鞋盒裡了吧。」奇奇說，他把馬鈴薯全都倒出來。

「喔，鞋盒裡有馬鈴薯嗎？」哥布靈開心的大喊。「那麼，我就拿這些馬鈴薯來煮晚餐吧。我正打算去買馬鈴薯呢，不過我一直找不到我的帽子。」

奇奇、歡樂王子和兩個孩子都盯著哥布靈頭上的紙簍看。「這個嘛，」奇奇說，「你頭上戴的東西，我們以為你打算把那個東西拿來當作帽子。」

哥布靈把紙簍拿下來，驚訝的盯著紙簍看。

「是我拿來丟廢紙的紙簍！」他說。「它怎麼會跑到我的頭上去呢？我花了一整個早上在找這個紙簍。」

「這是你的帽子嗎？」奇奇問，他撿起了一個塞滿舊報紙的東西。

「哎呀呀，沒錯！」哥布靈高興的說。「我一定是誤以為這是紙簍了。我有時候會有點糊塗。你知道的，我有好多事情要做。」

「你有什麼事要做？」茉莉好奇的問。

「喔……我要起床啦、要吃飯啦、穿衣服、打掃家裡啦，還要上床睡覺。」哥布靈說。「說到這個，我就想到現在是吃飯時間了。你們要不要吃一點櫻桃派呢？」

他衝到一個櫥櫃前，打開櫥櫃門、拿出一個派；但是正當他打算把派放到桌上的時候，他被紙簍絆倒了。啪噠！派掉到地板上，紅色的果醬流到地毯上面了！

「哎呀呀！」哥布靈說。「我的派恐怕沒辦法吃了。算了，反正這也不是什麼好吃的派。好了，我該拿什麼來清理這裡呢？」

他走到櫥櫃前，把墊在櫃子裡的一張紙拿起來。當他正要用那張紙把果醬擦掉時，奇奇突然大叫了一聲。

「等等！」

妖精搶過那張紙，高聲喊著：「這就是那張地圖！你們看！這位哥布靈居然把地圖拿來墊在櫃子裡！這正是他會做

的事！」

這時，另一位哥布靈衝進房間裡，大叫著：「你們的椅子在拍翅膀了！」

「我們必須離開了！」奇奇大喊。「否則許願椅會丟下我們的！再見了，哎呀呀！謝謝你提供的所有幫助！」

他們全都跑了出去，衝到椅子上。歡樂王子把地圖安全的收進口袋裡。剛才，他們差一點就要失去這張地圖了！

「椅子，回家！」彼得大喊，許願椅就這麼飛回家了。

8 尋找綠綠妖術師

彼得、茉莉、歡樂王子和妖精奇奇都急切的看著骯髒的舊地圖。

「你們看。」奇奇伸手指著地圖。「那裡就是妖術師的小山。等許願椅再次長出翅膀後，我就可以告訴許願椅怎麼過去了。」

「然後，我們就可以拯救蘇菲了！」歡樂大喊。

「你可以跟奇奇一起住在這裡。」茉莉說，她看了看遊戲室。

「王子，我會幫你拿一件舊毯子來。許願椅長出翅膀時，記得告訴我們哦。」

但是，等到許願椅在遊戲室中再次長出美麗的翅膀並不斷拍動時，發生了一件很糟糕的事——彼得感冒了，只能躺在床上！奇奇爬上窗戶偷看臥室裡面時（你應該還記得，遊戲室在花園的後方），茉莉已經準備好要出發了，但是彼得不斷打噴嚏又鼻塞，而且他知道，要是媽媽回到房間時發現他跑出去玩，一定會非常生氣。因此，最後只有茉莉、奇奇、歡樂王子三個人出發去冒險，歡樂王子保證他會照顧好茉莉。他們一起向彼得道別，接著便離開了。彼得覺得又難過又孤單。

許願椅起飛時顯得很焦急。茉莉坐在椅座上，奇奇則擠在她旁邊，王子飛在他們的身邊，當許願椅飛得太快時，他會抓住椅子。

「去綠綠妖術師住的小山。」奇奇對許願椅大喊。「從彩虹過去，接著越過迷失王國的雪山。」

許願椅拍動翅膀，穩定的上升到高空。這一天陽光普照。接著，他們遇到了一朵好大的雲，雨水落了下來。陽光照射在雨水上，製造出一道壯觀的彩虹。許願椅立刻往彩虹飛去，飛得越來越高、越來越高。

它飛到了閃亮的彩虹最頂端。它在上面站穩，接著，咻——順著彩虹滑了下去！真是太刺激了！茉莉憋住了呼吸，歡樂的頭髮全都飛到後腦勺了！

他們滑到了彩虹最尾端，接著許願椅穩穩的朝著好幾座高山飛去，這幾座高山向上穿越了雲朵，頂端被白雪覆蓋。

「那裡就是迷失王國！」奇奇指著高山大喊。「要是我們在那裡迷失的話，再也不會有人找得到我們。」

「喔！」茉莉發著抖說。「希望許願椅不會降落到迷失王國去。」

許願椅沒有降落到迷失王國，它不斷往前飛。遠處隱約出現了一座高山，綠色的山頂比雲朵還要高。

「那就是綠綠妖術師住的小山！」奇奇開心的大喊。「我們很快就會到了！從現在開始，我們必須非常小心。我們可不希望妖術師發現我們跑到這裡來了。」

許願椅逐漸往下方飛。下面是一座美麗的花園，它降落在一個隱密的角落，旁邊長滿了高高的樹籬，不可能有人發現他們。

「好了，我們要怎麼救出公主呢？」奇奇問。

「以前，我們家裡的寵物金絲雀會唱一首歌，只有我們兩個人知道。」王子悄悄說。「我可以用口哨吹出這首歌，如果她聽到的話，就會回應，這麼一來，我們就可以知道她在哪裡了。」

他噘起嘴唇，吹起口哨，發出了像是金絲雀在唱歌的聲音。這首歌非常動聽。吹了半分鐘的口哨後，他停下來、靜靜傾聽——一陣回應的歌聲傳了過來，聽起來就像鳥叫聲一樣清脆，和金絲雀唱歌的聲音一模一樣！

「是蘇菲！」歡樂王子快樂的說。「走吧，我們可以跟著口哨聲走。往那個方向。」

他和其他人一起沿著高高的樹籬悄悄往前走，一邊走一邊四處查看。走著走著，他們發現前方有一片樹林，樹林底部開滿了藍色風鈴花，在藍色風鈴花海中，有一個人正在採花，正是嬌美的小公主！

「蘇菲！」歡樂大叫著跑了過去。蘇菲抱住歡樂，接著緊張的看了看周圍。

「綠綠妖術師就在附近。」她悄悄說。「他很少會離開我身邊。歡樂，你們要怎麼把我救走呢？」

「我們有一張許願椅，就在樹籬後面。」歡樂悄悄的回答。「蘇菲，走吧，跟在我後面。這是茉莉和奇奇，他們是我的好朋友！」

四個人急忙跑出森林，想要繞過樹籬；但是快要接近樹籬時，他們停了下來，因為他們聽到了一陣憤怒的聲音正在大聲喊叫。

「過來，椅子，我命令你！過來！」

「是妖術師，他找到椅子了！」蘇菲害怕的用氣音說。「我們該怎麼辦？」

他們從樹叢之間偷偷看了一眼，他們看到的景象真是太怪異了！妖術師一直想要抓住許願椅，但是許願椅不願意被他抓住！每一次，

只要妖術師靠近，許願椅就會展開紅色的翅膀，飛到更遠的地方。接著，它會降落到地上，等著生氣的妖術師再次跑過來。然後，它又會展開翅膀飛得更遠。

這時，一件非常可怕、非常嚇人的事情發生了！許願椅不想再躲避妖術師了，它突然直直往高空中飛去、穿越雲朵，就這麼消失了！

「它丟下我們走了！」歡樂非常難過的說。「我們該怎麼辦？」

「快點！」蘇菲害怕的喊著。「妖術師很快就會來找我了，你們會被他發現的。到時候，他就會把你們全都抓起來，那就太可怕了。」

「我們要躲在哪裡呢？」茉莉看向四周。

「樹林裡有一棵中空的老樹。」蘇菲說。她跟大家一起跑向森林裡，帶著他們跑到一株巨大的橡樹前，王子立刻爬到橡樹上，把茉莉也拉了上去。他們溜進了巨大的樹洞中，等著奇奇也跳進來。奇奇很快就跟進來了。

王子探出頭去叫蘇菲：「蘇菲，妳不跟我們一起躲進來嗎？」

「噓！」公主說。「妖術師來了！」

沒錯，一陣響亮又憤怒的聲音傳進了森林裡。

「蘇菲！蘇菲，妳在哪裡！立刻過來！」

「我會想辦法過來看你們的！」公主輕聲說。「我在這裡，我馬上過去！」她對妖術師大喊，樹裡的三個人聽見她很快的跑遠了。

他們看著彼此。

「我們該怎麼辦？」奇奇呻吟著。「現在，我們的椅子飛走了，我真不知道該怎麼逃離這裡！我們真的陷入困境中了！」

9 彼得的冒險

彼得躺在床上。他真希望剛剛可以跟其他人一起坐許願椅去冒險。他迷迷糊糊的睡了一陣子，醒來之後覺得好多了，因此決定起床。他跳下床、跑到窗邊，想要看看這天下午的天氣如何。

他從窗戶看出去的時候，看到了遠遠的高空上有某個怪東西在飛，他仔細的盯著看——那不是鳥，也不是飛機，更不是氣球！那到底是什麼呢？

那個東西逐漸下降，接著彼得看出來了，那是他們的魔法許願椅！

「但是上面是空的！」彼得自言自語，覺得非常害怕。「其他人跑到哪裡去了？喔，天啊，希望他們沒有被綠綠妖術師抓起來！許願椅回來時把他們丟在那邊了，現在他們要怎麼逃跑呢？」

他很快的穿好衣服，這時，許願椅逐漸下降，飛向花園後方、飛進了遊戲室打開的門中。

他衝下樓，跑進了遊戲室。許願椅站在遊戲室裡，發出了奇怪的聲響，好像快喘不過氣了！

「等等，椅子，先不要讓翅膀消失！」彼得大喊著，一屁股坐進了椅子裡。「你一定要飛回去接茉莉和其他人！你聽見了嗎？我不知道他們在哪裡，但是你一定要去接他們，你跑掉之後，他們一定都嚇壞了！」

許願椅發出類似抱怨和呻吟的聲音。它很累了，不想要再飛一趟。但是彼得用力打了打椅背，命令它再次起飛。

「椅子，你聽到了沒有？飛去接茉莉！」他下令。

許願椅迅速拍動翅膀，在飛出門的時候嘆了好大一口氣。它穩定的向前飛，找到了彩虹並滑下去，這讓彼得覺得好玩極了。接著，它飛到了迷失王國，彼得看到比雲朵還要高，而且被白雪覆蓋的山，就和剛剛其他人看到的景象一樣。許願椅在飛越這幾座高山時好累、好累了，它開始往下飛，似乎想要挑一座山頂休息，這讓彼得非常緊張。

「不可以降落在這裡！」彼得大喊。「去過迷失王國的人都會不見，再也沒有人找得到他們。」

但是許願椅沒有理他，它向下飛往一個被白雪覆蓋的山頂、降落在上面。彼得立刻就發現有幾個大鬍子地精正往山頂上爬，他知道，他們是來抓他和許願椅的。他跳下椅子，一把抓起它，開始把許願椅往空中亂揮，直到椅子再次拍動翅膀。接著，男孩立刻跳上許願椅，他們馬上起飛，把失望的地精遠遠拋在後頭。

「這是屬於我的冒險！」彼得想。「但是一個人冒險真是太寂寞了。」

最後，他終於看到妖術師所住的小山，綠色的山頂穿過了雲朵。許願椅往下面的城堡飛去，它停在曾經停過的同一個位置——就在高高樹籬之間的一個隱密角落。彼得跳下來，開始觀察周圍。他覺得把許願椅綁起來應該是個好主意，就像奇奇曾經做過的。這麼一來，許願椅就沒辦法自己飛走了。因此，他用一條繩子把許願椅綁在樹籬上，接著就離開了。

他沿著樹籬悄悄往前走，這時，他看到有個矮小的人從附近跑過去。彼得不知道跑過去的人就是蘇菲公主。他小聲的吹了一聲口哨，想要問問她知不知道他的朋友在哪裡。蘇菲聽到口哨聲之後轉過頭，一看到彼得就發出了一聲尖叫，因為她不知道這個人是誰。

「我說啊！別被我嚇跑呀！快過來！」彼得大叫。但是蘇菲聽到之後，卻跑得更快了。彼得只好追在她後面，他認為自己一定要追上她，問她知不知道茉莉和其他人在哪裡。小仙子一路狂奔，氣喘吁吁的消失在開滿藍色風鈴花的樹林中。

她跑到了茉莉、歡樂王子與妖精奇奇躲的那個樹洞前，大聲喊救命。

「有敵人追在我後面！」她喘著氣說。歡樂王子聽到姊姊在喊救命，便立刻爬出樹洞、抽出他的劍。他會把敵人殺了！

蘇菲跑向他，指著身後。「他要來了！」她喘著氣說。「歡樂，躲在這棵樹後面，等到敵人跑過來的時候，你再跳出來攔住他！」

歡樂躲到了樹後面，握著劍等待敵人。彼得跑了過來，氣喘吁吁的想著小仙子跑去哪裡去了。

「這下我抓到你了！」歡樂王子用憤怒的聲音大吼，他在彼得跑到樹旁時跳了出來，撞上了驚訝的彼得，然後舉起了他的劍——接著他訝異的停了下來！

「彼得！」他大喊。「我差點就傷到你了！你是怎麼過來的？」

「我是坐許願椅過來的！」彼得說。「我看到許願椅自己飛回家，擔心你們遇到了意外，所以就命令許願椅再次飛回來。我剛剛看到了這位小仙子，想要問她知不知道你們在哪裡，但是她卻跑走了。」

「這是我的姊姊蘇菲公主。」歡樂說。「蘇菲，這是彼得。嘿，茉莉、奇奇！快出來！彼得來了，他把許願椅也帶來了！」

「怎麼那麼吵！」一個憤怒的吼聲突然響了起來。「蘇菲！妳跑去哪裡了？」

「是綠綠妖術師！」蘇菲絕望的說。「我們該怎麼辦？」

「跑去許願椅那裡！」彼得說。「快走！」

他們五個人一起跑出森林，往綁住許願椅的樹籬跑去。但是信不信由你，就在他們悄悄繞過樹籬時，竟然看到妖術師就坐在許願椅上，臉上掛著邪惡的微笑，正等著他們過去！

「彼得！奇奇！只有一個辦法了！」歡樂不顧一切的輕聲說。

「我們三個人往他跑過去、推倒許願椅，讓妖術師跌到地上，然後在他還搞不清楚是怎麼回事時，就坐上許願椅飛到空中。茉莉、蘇菲，妳們要緊跟在我們後面！」

接著，他們發出了高聲的喊叫，彼得、奇奇和王子用最快的速度衝向傻愣住了的妖術師，他們推翻了許願椅，讓妖術師臉朝下的摔翻在地上。王子飛快的拉起妖術師的披風，往生氣的妖術師臉上緊緊繞了兩、三圈。這麼一來，妖術師就既不能說話，也看不見了！

趁著妖術師忙著把披風扯下來的時候，茉莉和蘇菲擠上了許願椅。奇奇坐在其中一個扶手上，彼得坐在另一個扶手上。歡樂切斷繩子，大喊：「椅子，回家！」

許願椅敏捷的上升到空中，歡樂則在椅子旁邊飛翔、引導許願椅。

「我們安全了！」歡樂喊著。「彼得，謝謝你願意一個人冒險來救我們，你真是勇敢！」

10 消失國

茉莉和彼得在假期第一天就衝到花園後方的遊戲室，去看看奇奇在不在。

「奇奇不在！」茉莉失望的說。

「許願椅也不在！」彼得說。

但是就在這個時候，他們聽到了一陣風聲，是親愛的許願椅從門口飛進來了，奇奇像往常一樣坐在椅背上，可愛的妖精小臉上正掛著微笑。

「奇奇！喔，奇奇！」茉莉與彼得開心的大喊。奇奇跳下許願椅，跑向兩個孩子。三個人都張開手臂，像大熊一樣抱住彼此。

「喔，奇奇，能再次見到你真是太好了。」茉莉快樂的說。

「妳不知道我有多想念妳和彼得！」奇奇說。「現在，我們可以再次去冒險了！」

「這個嘛，首先你要先告訴我們，最近有沒有什麼新鮮事。」彼得說。但是奇奇指了指許願椅。

許願椅正用最大的力道拍動翅膀，帶出了一陣陣微風。

「許願椅也很高興能見到你們呢！」奇奇笑著說。「它很想、很想帶我們去冒險。走吧，我們要趁著許願椅長出翅膀的時候坐上去。」

茉莉和彼得像以前一樣坐在椅座上，奇奇坐在椅背上。許願椅拍動翅膀，上升到空中，向前飛行。

「喔，」茉莉說，「能再次坐在許願椅上面飛翔真是太好玩了！我真喜歡這種感覺！」

兩個孩子靠在扶手的邊緣，看著他們腳底下的城鎮和村莊。他們知道，許願椅正飛越仙子國度的邊界，因為仙子國度的上方總是會有一陣柔和的藍色煙霧。

「我們要去哪裡？」彼得問。

「不知道。」奇奇說。「自從你們過完聖誕假期回到學校之後，這是許願椅第一次起飛呢。它待在我媽媽家的這幾個禮拜，一直像一張平凡的椅子，乖乖站在原地。現在，它終於可以享受一趟愉快的飛行了！」

許願椅不斷往前飛呀飛。兩個孩子看著巨人王國的高塔從他們腳下經過，又看到了妖精國的藍色大海、紅色哥布靈山丘，但是許願椅還在繼續飛。

最後，它終於開始降落了。兩個孩子都覺得非常期待。奇奇看向下方，想弄清楚他們要去哪裡。

「我從來沒有來過這裡。」他說。「我甚至連這裡叫什麼名字都不知道。」

許願椅降落在一個小鎮裡。兩個孩子跳下椅子，但是奇奇依然坐在椅背上，不斷思考這裡到底是什麼地方。

一群矮小的人跑了過來。他們有著大大的眼睛、長長的耳朵和長長的鼻子，但是完全沒有下巴。茉莉不太確定自己喜不喜歡這群人的長相。

「這裡是什麼地方？」奇奇問。

「這裡是消失國。」其中一個矮小的人笑著說。「你們要小心，千萬別讓自己消失了。」

茉莉知道消失國。他們以前曾經乘坐許願椅造訪消失國一次。那一次，正當許願椅快要降落到地上時，消失國就消失了。這裡會不會也突然消失呢？她把這個疑問告訴奇奇。

「不會。」奇奇說。「但如果不小心一點，我們可能會消失！我覺得，我們最好馬上離開，我可不想要消失不見！」

兩個孩子馬上坐回許願椅上。但是許願椅的翅膀已經不見了，它現在不能飛了。

「喔！」奇奇說。「這是第一個消失的東西！我想這是他們的小把戲，為了把我們留在這裡。好了，現在我們全都要手牽著手。這麼一來，要是有人消失了，我們還能感覺到那個人，就能繼續在一起了。我們可以趁被迫留在這裡的時候到處看看，但是我們要記得許願椅現在的位置，就在黃色的路燈旁邊。走吧！」

他們迎著風，沿著窄小的街道往前走。到處都是那些矮小、奇怪的人，他們急匆匆的走來走去，不斷點頭微笑。附近有一個市集，兩個孩子和奇奇走了過去，想看看市集在賣什麼。

這個村莊真的很奇怪。商店旁邊有一棟歪斜的小房子，上面有幾個彎曲的煙囪，當茉莉看著那棟房子時，房子突然消失了，茉莉原本看著的地方變得空蕩蕩的。茉莉嚇了一跳。

彼得也嚇了一跳。一隻尖耳朵的狗跑到彼得身邊，舔了舔他的手指。彼得彎腰想要摸摸那隻狗，但是，他卻發現自己只摸到了空氣！那隻狗就在他的眼皮底下消失了！

就連奇奇也被嚇到了。你要知道，奇奇早就習慣那些奇奇怪怪的事物了！他向街頭攤販買了三顆紅通通的蘋果。他給了賣蘋果的老夫人三便士，但就在他從老夫人那裡拿走蘋果時，蘋果突然消失不見了！奇奇已經把三便士給了那位老夫人了，他試著想要抓住那三顆消失的蘋果！

「我想要把錢拿回來。」他對臉上掛著微笑的老女人說。「我沒有拿到我的蘋果。」

「嗯，但是我已經把蘋果給你了。」老女人說。「蘋果不在我這裡呀！你不能把錢拿回去。」

奇奇非常生氣。他沿著街道大步向前走，彼得和茉莉跟在他後面。奇奇氣憤的踢了一下旁邊的路緣石，路緣石立刻就消失了！

「我說啊！別再踢了。」彼得緊張的說。「你可能會把整條街都踢不見！」

奇奇發現自己能一踢，就把東西變不見之後，覺得很滿意。他非常用力的踢向一根路燈。但是路燈沒有消失，依就動也不動的站在那裡。奇奇大喊了一聲，抱著他可憐的腳趾單腳跳了起來。

茉莉和彼得忍不住開始大笑。彼得對奇奇大笑時靠在一間商店的窗戶上，然後，突然之間，窗戶不見了，彼得整個人往後跌了下去！整間商店都消失了！

彼得不笑了，他站起身。現在輪到奇奇取笑彼得了。彼得看起來嚇了好大一跳。

「這個小鎮還滿有趣的。」茉莉說。她小心的觀察周圍，不太確定接下來還有什麼東西會消失。在她說話的同時，一間木屋上面的三根煙囪都消失了，旁邊的一扇門也不見了。好像只要她看著什麼東西，那個東西就會消失！

「我好餓。」奇奇說。他真希望剛剛買的那三顆蘋果還在。「你們看！那裡有一間麵包店。要是我買了麵包，不知道麵包會不會消失。」

奇奇走進店裡。一名尖耳朵的女孩坐在櫃檯後面織毛線。奇奇走進來時，她把毛線放下來，織毛線的棒針立刻消失了。但是她似乎一點也不在意。

「妳有賣葡萄乾麵包嗎？」奇奇問。他看了看周圍，希望這間店不要在他買好麵包之前就完全消失。

「有，今天剛出爐的。」女孩說。她指了指幾個看起來十分可口的麵包，麵包上有好多溼潤又美味的葡萄乾。

「我要買三個，謝謝。」奇奇說。當他親手拿到了那一袋麵包之後，才把錢交給女孩。接著，他跑出商店，把麵包拿給孩子們看。

「你們看，上面的葡萄乾看起來可口又多汁！」他說。「來吧，我們坐在這張椅子上吃麵包吧。」

他們坐到椅子上，但是椅子立刻從他們的屁股底下消失了，三個人都跌坐到地板上。村莊裡的人都看著他們哈哈大笑！

「真希望這裡的東西不要再用那麼愚蠢的方式消失了！」奇奇摸了摸頭說。「麵包跑去哪裡了？」

「在袋子裡。」茉莉說。「幸好它們還在袋子裡，要是掉到地上就糟了。」

但是麵包已經從袋子裡消失了，袋子裡面是空的。兩個孩子氣憤的看著袋子裡面。「喔，我們回去找許願椅吧。」彼得說。「我已經厭倦這裡了。」

「喔——彼得！」茉莉突然說。「你看！你的腳消失了！」

彼得低頭看向自己的腳，沒錯，他的腳不見了！

「嗯，但是我還能走路。」他說。「所以我的腳一定還在，只是我看不到它們而已。真是謝天謝地！喔——奇奇！你的嘴巴呢？」

奇奇沒有嘴巴！他的嘴巴不見了！

一陣大風突然從街角刮了過來，把奇奇的帽子吹走了。奇奇追著帽子跑，彼得也跟著跑了過去，然後，當他們轉過身去找茉莉時，茉莉也消失了！

「喔！茉莉！茉莉！」彼得緊張的大喊。「妳在哪裡？」

但是沒有人回答。彼得轉身去問奇奇：「奇奇！你有看到茉莉往哪裡走嗎？」

但是連奇奇也不見了！附近一個人都沒有。

彼得只好自己走回許願椅剛剛降落的地方。他希望到了那邊之後，能遇見茉莉和奇

奇。他很快就看到那盞黃色的路燈出現在遠方了，正是許願椅剛剛降落的地方。

「太好了！」彼得想。他快步走過去。「我很快就會找到許願椅了，到時候我可以坐在椅子上，等他們兩個過來。」

但是，當他走近之後，發現有好多人正圍在許願椅旁邊。村子裡那些奇怪、矮小的人都在互相大喊，其中兩個尖耳朵的男人正抓著許願椅。

「給我聽好，這張椅子是我的！」其中一個人大喊，並用力拉扯許願椅。

「你才給我聽好，我想要這張椅子！」另一個人生氣的大喊，他正往另一個方向用力拉扯許願椅。

「天啊！許願椅很快就會被他們拆散了！」彼得想。他用最快的速度跑到那群人面前。

「把椅子放下！」他大吼。「那不是你們的椅子，是我的！」

那些人看了看周圍，但是他們當然沒有看到彼得，因為彼得已經隱形了。他們只能聽見彼得的聲音。

「你是誰？」他們說。

「我是彼得，我想拿回我的椅子。」男孩說。他從人群中擠過去，牢牢的抓住許願椅。剛剛就抓著許願椅的那兩個人，立刻開始用力搶椅子。但是彼得不放手。

「快現形、快現形！」人們大喊。

「我不知道要怎麼現形。」彼得說。「我是突然消失的，連我自己也看不見自己。但我是真的存在的，要是任何人敢惹火我，我會用硬邦邦的拳頭打你們。而且你們看不見我的拳頭！好了，快放開我的椅子，謝謝。」

「我們不相信這張椅子是你的，我們不相信！」他們全都一起大喊，那兩個抓住可憐的許願椅的人也跟著大喊。

彼得不知道該怎麼辦。他沒辦法靠自己的力量搶走許願椅。

「喔，許願椅，我們陷入困境中了！」他呻吟。

這時，許願椅突然決定幫自己一個忙。它飛快的長出了翅膀，接著開始用力拍動。它上升到空中，然而彼得還抓著許願椅，因此彼得也被拉上去了，一起飛上空中的還有另外兩個抓著許願椅的人！

那群人看見許願椅飛到空中時，發出了驚

呼。兩個矮小的男人害怕極了。他們用盡所有力氣抓住許願椅不放。彼得爬上許願椅，安全的坐在椅座上。至少，他擺脫剛剛那一大群人了。但是他不知道該怎麼處理掛在許願椅上的這兩個矮小男人。他可不能把他們丟下去，他們會受傷的。

許願椅飛到更高的天空中。彼得突然緊張的大喊：「嘿，許願椅！現在還不能回家！茉莉和奇奇都還在下面！快降落到地面。」

許願椅立刻開始下降。才剛安全的降落到地面，那兩個矮小的男人又開始爭吵這張椅子到底是誰的。彼得覺得非常生氣，他用力推開那兩個人，讓他們都往後一跌。

「你們可以停止了。」彼得說。「為了屬於我的椅子爭吵有什麼好處？這張椅子只會是我的，不會是你們的。走開！」

但是他們不願意離開。彼得撿起一根樹枝，快速的抽打他們的手。他們立刻放手了。就在他們想要再次抓住許願椅之前，你知道發生什麼事了嗎？天啊，許願椅突然消失不見了！彼得驚訝的眨眨眼，他到現在還不習慣東西會突然消失。

接著，他想到一個辦法了。如果他搬起許願椅跑掉的話，那兩個男人就沒辦法知道椅子跑到哪裡去了，因為他們現在既看不到彼得，也看不到許願椅！因此，彼得伸出手摸清楚了許願椅的位置，接著像閃電一樣迅速的抓起許願椅往街上跑過去！那兩個男人震驚的盯著周圍，開始用力拍打對方。

「他們活該！」彼得滿意的想著。他跑啊跑，接著停了下來。他把許願椅放在一片草地的鬧門前、坐到許願椅上，開始思考該怎麼辦。他到底該怎麼找到茉莉和奇奇呢？

「要是我回到這座村莊，一邊大喊茉莉和奇奇的名字，一邊繞著村莊走，說不定他們會聽到我的聲音，然後過來找我。」彼得想。「他們不知道許願椅跑去哪裡了，一定很擔心！」

他把許願椅背在肩上，回到村莊裡。他一邊走一邊大吼：「茉莉！奇奇！茉莉！奇奇！」

突然，他聽到了茉莉的回應。彼得開心的不得了。聲音是從路的另一邊傳來的。「彼得！我聽見你的聲音了！但我還是隱形的。你在哪裡？」

「我就站在水果店這裡！」彼得大吼著回答。「我拿到許願椅了！」

不到半分鐘，他就感覺到茉莉的手碰到他了，接著，茉莉用力抱住彼得，又摸了摸親愛的許願椅。「我們一定要找回奇奇。」彼得說。「茉莉，妳剛剛跑去哪裡了？」

「喔，我剛剛到處在找你們。」茉莉說。「我跑回去黃色路燈那裡，但是許願椅不見了。」

這時，一個隱形人突然撞上了他們。那個人也看不見茉莉和彼得，因為他們還是隱形的。很快的，撞上他們的隱形人摸到了椅子，他大喊一聲，抓住椅子往他那邊拉。

彼得也伸手去抓椅子。他用力把椅子往回拉，茉莉也在一旁幫忙。他們可不會讓最寶貝的許願椅被人搶走！但是，想要搶走許願椅的人非常強壯，椅子突然被用力一拉，他們就再也摸不到椅子了。當然了，他們也看不到椅子現在在哪裡，許願椅不見了！

「喔，許願椅不見了、許願椅不見了！」茉莉喊著，她幾乎快哭了。「喔，彼得，我們該怎麼辦？」

「茉莉！彼得！原來是你們呀！」旁邊突然響起了一陣開心的聲音。「我是奇奇啊！我不知道我在跟你們搶椅子！我才剛走到這條街上就撞到了椅子，我覺得這應該是我們的許願椅，所以就把椅子搬起來。我感覺到有人想要把許願椅搶走的時候，我就一直用力搶，直到我搶到了椅子！萬歲！現在我們又聚在一起了！」

三個人都非常開心！「我跑到好多地方去找你們。」奇奇一邊說，一邊爬上椅背。「天啊，許願椅也消失了，真是好玩！這裡真是太煩人了。走吧，我們趕快回去。」

他們全都坐到許願椅上。椅子拍動翅膀，突然上升到空中。

「喔——」茉莉說，「許願椅的動作好快，感覺就像坐電梯！」

「奇奇，我們要怎麼變回來呢？」彼得問。「我們不能就這樣回家。」

「還記得之前在碎碎女巫的旋轉小屋裡用過的魔法漆嗎？我可以拿一些魔法漆來用。」奇奇說。「到時候，我們就可以把自己變回來了。這很簡單。我會請我的朋友去幫我們拿魔法漆。」

他們在空中不斷往前飛呀飛，直到他們終於抵達了家中花園上方。他們向下降落，穿越花園後方敞開的遊戲室大門。當他們正打算一邊大喊，一邊跳下許願椅時，他們突然發現遊戲室裡面有人！

是他們的媽媽。她跑到遊戲室來找他們了。兩個孩子動也不動的坐在許願椅上。他們知道，自己現在是隱形的，沒有人看得到他們。要是媽媽聽到他們的聲音，一定會嚇一大跳，因為她根本看不見他們！奇奇也靜靜的坐著。他從很早以前就跟孩子們說過，絕對、絕對不可以把他的事告訴任何大人。

媽媽左右張望著遊戲室。「不知道孩子們跑去哪裡了。」她說。接著，她往外走去，差一點點就要撞上許願椅，但是幸好她只是從旁邊走過去而已。

「老天爺啊！我們差點就要被發現了！」彼得在媽媽出去之後說。他跳下許願椅。「幸好許願椅和我們三個都是隱形的。要是媽媽看到許願椅載著我們從門口飛進來的話，一定會嚇壞的。」

「沒錯，一定的。」奇奇笑著說。「任何人看到我們都會被嚇壞的！好了，我去找人幫我們拿魔法漆。」

他跑了出去，沒過幾分鐘就回來了，他說，一位朋友已經立刻飛去碎碎女巫家了。「趁著等魔法漆送來的期間，我們來玩十字棋吧。」他說。「自從你們去學校之後，我就沒玩過十字棋了。我都快忘記骰子擲出六點有多開心了！」

和看不見的人玩遊戲真是太怪異了。孩子們拿著棋子在紙板上移動時，棋子就像會自己移動一樣，有趣極了。他們剛結束一局遊戲時，有人在外頭敲響了門。

「是魔法漆！」奇奇說。他打開門，門前的樓梯上放著一大罐碎女巫的魔法漆。「太棒了！」奇奇說。「現在，我們該拿什麼當刷子呢？」

「我的水彩盒裡面有幾支刷子。」茉莉說。她把刷子拿了過來。「但是這幾支刷子很小，把全身上下都刷過一遍要花上好幾百年的時間！」

他們開始刷魔法漆了。每個人都拿起一支刷子，開始進行。奇奇先把許願椅刷回來。茉莉也開始把自己刷回來，沾著魔法漆的刷子刷過的地方都會現形！真是好玩。

茉莉用刷子刷過左手，左手立刻出現了。能再次看到手指頭的感覺真好！

「妳沒有刷到手指上的指甲。」彼得說。「妳看！」

「你刷了整張臉，但是忘記了左邊的眉毛。」茉莉大笑著說。

「你看起來好好笑！」

許願椅很快就出現了。接著，奇奇開始刷自己。遇到自己刷不到的地方時，他們就彼此幫忙，把刷不到的地方一一刷好。他們覺得這真是太有趣了。

「差不多都好了，只剩下彼得的腳。」奇奇說。他往後退一步，想要看看彼得。但是我的天，他一腳踩中了裝著魔法漆的罐子，罐子打翻了。魔法漆全都灑到了地板上，地板消失了！魔法漆的作用是雙向的，它可以讓東西不見，也可以讓不見的東西變回來。

「奇奇！你真是笨手笨腳的！」茉莉驚恐的大叫。「我們沒辦法讓彼得的腳恢復原狀了！媽媽看到之後會怎麼說呢？」

彼得拿起一塊毯子，用最快的速度把灑出來的魔法漆全都吸起來。他把毯子裡的魔法漆全都擠進罐子裡，接著緊張的盯著罐子裡殘存的一點點魔法漆。

「你覺得，這些魔法漆足夠把我的腳變回來嗎？」他說。奇奇滿臉通紅，他點點頭，再次拿起筆刷。他一句話也沒說，立刻開始刷彼得的腳，他的動作非常小心，不敢浪費任何一滴寶貴的魔法漆。幸好，剩下的魔法漆足夠把彼得的腳變回來，茉莉覺得很高興。

「那地板上的洞要怎麼辦？」彼得說。「剩下的魔法漆足夠我們把地板變回來嗎？」

「剛好足夠！」奇奇說。的確剛好足夠呢！我的天，罐子裡連一滴魔法漆都不剩了！

「好啦，」茉莉聽到叫他們回屋裡的搖鈴了，「自從我們開始坐許願椅去冒險後，我們好像常常遇到差點來不及的狀況，但是每次都剛好趕上呢。這次冒險真好玩，現在冒險結束了，我們也平安回來了，大家看起來都好好的！」

「再見。」奇奇說。「希望明天還能見到你們！能再次出發去冒險真是讓人開心！」

11 很老、很老的男人

許願椅已經好長一段時間沒有長出翅膀了。奇奇和兩個孩子都已經等到厭煩了。茉莉覺得，說不定許願椅的魔法已經用光，或許它現在只是一張平凡的椅子。這真是太令人失望了。

這天的天氣很好，彼得想要出去散步。「奇奇，跟我們一起去散步吧。」他說。「待在遊戲室裡等許願椅也沒有用的，它今天不會長出翅膀的！」

因此，妖精奇奇戴上了彼得的一頂舊帽子，把耳朵也塞進帽子裡，接著穿上了彼得的舊大衣，跟孩子們一起出發了。女僕珍看到他們離開遊戲室，立刻叫住了他們。

「如果你們要出去的話，我等一下就要打掃遊戲室了哦。遊戲室已經很久沒有打掃了。」

「好的！」茉莉大聲回答。「我們要到午餐時間才會回來。」

他們愉快的散步完之後，在午餐時間跑回遊戲室。遊戲室看起來很乾淨，珍剛剛才撢完灰塵。奇奇在外面等著珍離開，因為他不想被別人看到。這時候，彼得突然臉色蒼白的說：「喔，椅子在哪裡呢？茉莉，椅子在哪裡？」

「喔，你是說那張舊舊的椅子嗎？」珍一邊把刷具收起來一邊說。「一個很老、很老的男人過來把椅子拿走了。他說椅子需要修補還是什麼的，所以就把椅子拿走了。」

她回到房子裡，留下兩個孩子絕望的盯著彼此。奇奇跑進來，在聽到這個消息時，簡直不敢相信！

「我知道那個老人是誰！」他大喊。「一定是懶洋洋，他住在微風小山的山腳下。他超級討厭走路，我認為，他應該一直在找機會把許願椅拿走。這麼一來，無論要去哪裡，他都可以坐許願椅去！」

「我們要怎麼把許願椅拿回來呢？」茉莉問，她幾乎快哭了。

「我不知道。」奇奇說。「但是不管怎麼樣，我們都要試一試。你們吃過午餐後再過來，我們到時候就去找他。」

午餐過後，兩個孩子跑回了遊戲室。他們看到了讓人非常震驚的景象——奇奇不在遊戲室，裡面只有一個老女人，她的身上披著一條蓋住頭的黑色披肩！

「妳是誰？」茉莉問。接著她驚喜的大喊了一聲，因為那個老女人抬起頭時，茉莉發現露出來的是妖精奇奇可愛的小臉！

「我假扮成這樣，是為了要拿回我們的魔法許願椅，這是計畫的一部分。」奇奇解釋。「首先，你們跟我一起去懶洋洋的家，我會在他家外面假裝跌倒受傷了。這時候你們要跑過來扶我，接著扶著我去懶洋洋家，敲敲門，解釋說我是一位需要休息和一杯水的老太太。」

「等我們進到他家之後，就可以開始尋找我們的許願椅了！」彼得大喊。「這個計畫真妙！」

他們就這麼出發了。奇奇帶著他們穿越一座小樹林，孩子們從沒看過這座樹林。從樹林的另一邊出來之後，孩子們發現自己抵達了一個完全不同的國度！這裡的花朵比較鮮豔，樹木上開滿了花，五顏六色的小鳥到處飛舞！

「我從來不知道，原來仙子國度離我們這麼近！」茉莉驚訝的說。

「仙子國度其實不近哦！」奇奇笑著說。他掀起黑色的披肩，開心的看向孩子們。「沒有我帶你們走的話，你們是不可能抵達這裡的！」

「那裡就是懶洋洋的家嗎？」茉莉指著山腳下的一間小屋。

奇奇點點頭。「我會走在前面。」他說。「然後你們一定要依照計畫行動。祝你們好運！」

他一拐一拐的往前走，像一個老女人一樣東張西望。走到小屋前方時，奇奇突然發出了一聲可怕的呻吟，然後跌倒在地上。兩個孩子立刻衝上前去，扶起奇奇假扮的老女人。彼得從眼角看到，有人從小屋的窗戶裡看著他們。

「快點！快點！」他非常大聲的對茉莉說。「這個可憐的女人昏倒了！我們必須帶她到那間小屋子前，請屋主拿杯水給她喝。她需要休息一下！」

他們半拖半抱的把奇奇帶到小屋的門前，用力敲門。一位很老、很老的男人打開門。他的小眼睛看起來很狡猾，兩個孩子都不喜歡他的長相。他們向男人解釋這位老女人的事，並把她帶進小屋裡。

「你可以給我們一杯水嗎？」茉莉說。

老男人一邊咕噥，一邊離開了房間。「還要去井邊打水。」他生氣的自言自語。

「太好了！」彼得想著。「這麼一來，我們就有時間找許願椅了。」

可是，他們卻失望的發現，他們竟然找不到許願椅！這間小屋只有一個房間，所以他們很快就把小屋都找遍了。他們還來不及討論，那位很老、很老的男人就拿著一罐水走了回來。

茉莉從他手中接過水。接著，她突然注意到一件很怪異的事情。角落的一個大抽屜櫃那裡，吹來了一陣又一陣的微風。她驚訝的看著抽屜櫃。為什麼她的腳邊會感覺到風呢？那裡明明只有一個抽屜櫃呀！

但是，等等！那真的只是一個抽屜櫃嗎？茉莉如閃電般迅速的打翻了那罐水，然後一臉抱歉的看向懶洋洋。「喔！我真的很抱歉！我竟然把水打翻了！我真是太粗心了！好心人，你可以再幫我們取一點水嗎？」

老男人粗魯的喊了幾句話，一把抓走罐子，再次往花園裡的水井走過去。奇奇和彼得驚訝的看著茉莉。

「妳在做什麼？」彼得說。

「那個抽屜櫃有點奇怪。」茱莉說。「櫃子那邊一直吹來一陣陣怪風。奇奇，你感覺看看！我故意把那罐水打翻，就是為了讓老男人離開一陣子。」

「我的天呀！他把我們的許願椅變成一個櫃子了！」奇奇大喊。「椅子一定長出翅膀了，可是因為懶洋洋施了魔法，所以我們現在看不到翅膀！快，你們快點選一個抽屜跳進去，我馬上就讓許願椅帶我們離開！」

兩個孩子各打開了一個巨大的抽屜，坐到裡面去。奇奇則坐在櫃子頂端大喊：「回家，許願椅，回家！」

櫃子發出呻吟，接著孩子們聽到翅膀拍動的聲音。就在這個時候，老男人拿著那罐水走進了房間裡。他的眼睛瞪得好大！但是就在他做出反應之前，抽屜櫃就上升到空中、撞掉了他手中的水罐，幾乎把他推倒在地，然後從門口擠了出去。

「再也不准偷走我們的椅子！」奇奇放聲大叫，他動作靈巧的把黑色披肩扔到懶洋洋的頭上。

櫃子上升到高空中，接著有趣的事情發生了。它的外表慢慢改變，變回了孩子們熟悉的許願椅！在他們還來不及做出反應之前，兩個孩子就發現自己已經安全的坐在椅座上了，那些抽屜全都消失了，變成了靠枕。奇奇則坐在椅背上，開心的哼著歌。

「你的計畫真是妙極了！」彼得說。

「這個嘛，茉莉的觀察力才是最厲害的！」奇奇大笑著說。「是她注意到櫃子那裡有風的。茉莉真棒！」

12 七顛八倒王國

在一次的冒險中，許願椅對茉莉做出了很愚蠢的舉動。兩個孩子氣許願椅氣了好久，妖精奇奇也很生氣。

那次冒險的一開始，許願椅長出了翅膀，兩個孩子像以前一樣坐上椅座，奇奇則坐在椅背上。

「我們要去哪裡呢？」彼得問。

「我們去七顛八倒王國吧。」奇奇笑著說。「那裡很有趣，每樣東西都是錯的！我們能在那裡哈哈大笑一番！」

「好，我們就去七顛八倒王國！」彼得愉快的說。「一定會很好玩。」

「許願椅，去七顛八倒王國！」奇奇命令。許願椅飛到空中，立刻出發。它迅速的拍動翅膀，他們很快就飛越了仙子國度的高塔，抵達了一個看起來很奇怪的地方。

許願椅逐漸下降，它停在一座小村莊中，兩個孩子和奇奇跳下許願椅。他們驚訝的盯著四周的人。

這裡的人好像都不知道該怎麼用正確的方式穿衣服！大衣的正面被穿到後面，甚至穿成上下顛倒的樣子。有一位矮小的男人把褲子穿在手臂上，把雙腳穿進了大衣袖子裡。兩個孩子笑了起來，矮小的男人驚訝的看著他們。

「你們遇到什麼糟糕的

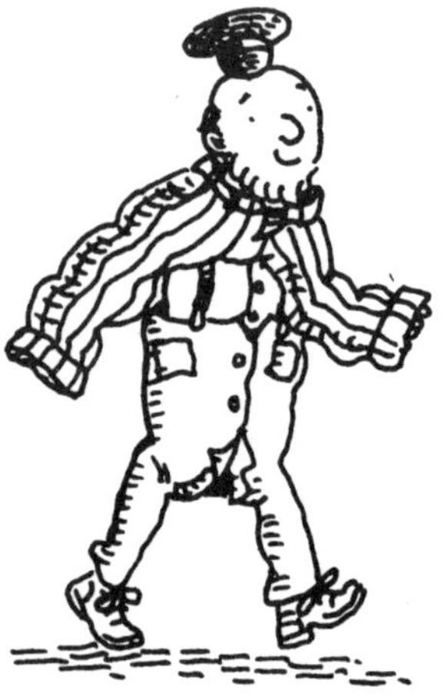

事了嗎？」他問。

「沒有啊。」彼得說。「遇到糟糕的事，就不會笑成這樣了！」

「住在七顛八倒王國的人就會。」奇奇說。「你們看，正往我們這裡走過來的那位女士正在用手帕擦眼淚，你們可以去問問她怎麼了。」

「妳怎麼了？」茉莉問。

女人擦了擦不斷落下的眼淚，說：「喔，我剛剛找到之前丟掉的錢包了，所以我很高興。」

「你們看吧！」奇奇說。「他們會在高興的時候哭，在難過的時候笑！」

「你們看那邊那個男人！」茉莉突然說。「他從窗戶爬進房子，而不是從門走進去。快看！他的門上掛著蕾絲窗簾。他是不是把門當成窗戶了？」

「應該是這樣沒錯。」奇奇笑著說。「有沒有看到那邊那個小男孩?他把手套戴在腳上,把鞋子穿在手上。我只能說,我絕對不會想要住在七顛八倒王國。」

兩個孩子也不想要住在這裡,但是觀察四周的怪異事物實在很有趣。他們看到好多孩子正在閱讀反過來的書。他們看到一隻貓在啃骨頭、狗在喝牛奶,也就是說,連動物也是七顛八倒的!

突然之間,一位警察從轉角走了過來,他一看到兩個孩子、奇奇和許願椅,就急急忙忙的跑過來,一邊跑一邊拿出和地圖一樣大的筆記本。

「你們的椅子駕照在哪裡?」他嚴肅的問,並且拿出一塊橡皮擦,準備用橡皮擦寫字。

「你不能用橡皮擦寫字！」茉莉說。
「我想用什麼寫字就用什麼寫字！」警察說。「而且只要我願意，我還可以用我的鉛筆把字擦掉。好了，你們的椅子駕照呢？」
「椅子不需要駕照啦。」奇奇不耐煩的說。「別蠢了。椅子又不是汽車。」
「但是，你們的椅子有翅膀，所以它一定是飛機椅。」警察說，他用橡皮擦點了點巨大的筆記本。「在這個國家，你必須擁有駕照才能擁有飛機椅。」
「我們沒有駕照，也不打算弄到一張駕照。」彼得說。他把警察的筆記本推開，因為筆記本一直戳到他。警察氣極了，他瞪了瞪奇奇，瞪了瞪彼得，也瞪了瞪茉莉。然後，他瞪了瞪椅子。許願椅似乎覺得很不舒服，於是在人行道上跳呀跳，想要慢慢遠離警察。
「我要把你們的椅子關進監牢裡。」警察說，他伸出手去抓許願椅，但是椅子跳開了，然後它又跳了回去，椅腳用力砸中了警察的一隻腳。接著又跑開了。奇奇則追在許願椅後面。

「嘿，椅子，快回來！」他大吼。「我們可不能讓你就這麼跑掉。別怕呀，我們不會讓警察把你抓走的！茉莉、彼得，快來，快跳到椅子上，然後我們就可以飛走了。」

彼得也追在許願椅後面，但是警察抓住了茉莉的手臂。奇奇和彼得沒有注意到茉莉被抓住了，他們跳上椅子，然後——天啊，他們還來不及下來救茉莉，許願椅就展開了紅色的翅膀，飛上了空中！

「彼得！奇奇！別把我丟在這裡！」茉莉一邊大叫，一邊想要擺脫警察的箝制。

「椅子，飛回去！」奇奇命令。

但是，哎呀，許願椅實在太害怕被關進監牢裡了，竟然不聽從命令！它繼續往前飛，載著彼得和奇奇飛到高空中，拋棄了可憐的茉莉。不論奇奇說什麼，不聽話的許願椅都不願意飛回去接茉莉。它繼續飛啊飛，飛出了茉莉的視野。

茉莉難過得不得了。她哭了起來，警察則瞪著她看。「有什麼有趣的事情嗎？」他問。「妳在高興什麼？」

「我不覺得有趣，也不覺得高興！」茉莉說。「我才不是你們這群愚蠢的七顛八倒人，我不會在高興的時候哭，也不會在難過的時候笑。我根本不屬於這個可怕又愚蠢的國家！」

「天啊，我可不知道這件事。」警察把筆記本收起來。「妳剛剛怎麼不早點說呢？」

「你又沒有問我。」茉莉又氣又怕的說。「剛剛還在這裡的那位妖精是我的朋友，他說不定會告訴妖精國王你把我困在這裡了。到時候，他一定會非常非常生氣。」

「喔，妳必須立刻回家。」警察說。他現在害怕極了，身體就像果凍一樣不停顫抖著。「妳可以搭公車回去。我會幫妳付車錢。讓我帶妳去搭公車吧。」

他把茉莉帶到公車停靠站，但是公車經過時，根本不會停下來，乘客必須在公車開過去的時候用跳的上下公車。茉莉覺得，把這裡叫做公車停靠站真是太愚蠢了！公車的樣子也很滑稽，司機開車時雖然使用方向盤控制公車，但是他的身邊卻擺著一根鞭子，每當公車的速度變慢時，司機就會拿鞭子用力一揮，彷彿公車是一匹馬！

警察在公車經過停靠站時，把茉莉抱上公車，接著拿出一些錢丟給售票員。售票員把錢撿起來，又丟回去。茉莉覺得，七顛八倒王國的人民真是她看過最瘋狂的人了。

她在其中一個座位上坐下來。「車上只有站位，沒有座位。」售票員說。「請把妳的票給我。」

「呃，是你要給我票才對吧。」茉莉說。「而且『只有站位，沒有座位』是什麼意思？車上明明還有很多座位。」

她坐了下來，售票員盯著她看。「要是大家都坐在座位上，座位會被坐壞的。」他說。「還有，妳的票呢？」

「等你把票給我，我再給你看我的票。」茉莉不耐煩的說。「給我一張回家的票。我住在希爾頓。」

「那妳搭錯車了。」售票員說。「不過，反正這裡沒有任何一輛公車會開到希爾頓，所以妳可以繼續留在這輛公車上。畢竟對妳來說，這輛公車跟別輛公車也沒有什麼差別。」

茉莉憤怒的跳起來。她跳下公車，開始往剛剛搭車的方向走。七顛八倒王國真是太愚蠢了，她再也回不了家了！

就在茉莉走到剛剛搭公車的那條街上時，她看到了奇奇！她真是太高興了。她一邊揮手，一邊對著奇奇大叫：「奇奇，奇奇！我在這裡！」

奇奇看到她之後，對她笑了笑。他走過來，給了茉莉一個擁抱。

「茉莉，我們很抱歉剛剛就這麼丟下妳。」他說。「許願椅剛剛真是太壞了。我把它留在家裡的角落了！它對自己的行為感到很羞愧。」

「你把椅子留在家？那你是怎麼過來的？」茉莉震驚的問。

「我跟稻草稈農夫借了兩隻鵝。」奇奇笑著說。「妳看！牠們就在那裡。飛回去的時候，妳坐一隻鵝，我坐另一隻鵝。走吧，不然稻草稈農夫一定會很想念他的大肥鵝。」

「奇奇，快點！剛剛那個警察又來了！」茉莉突然大喊。

「喔——他朝那兩隻鵝走去、拿出他的大筆記本了。我敢說，他一定又會要我們拿出駕照之類的東西給他！快，我們快過去！」

奇奇和茉莉飛快的跑過去。兩隻鵝正非常震驚的盯著警察，因為警察試著想要在鵝的身上找到車牌，還繞著兩隻鵝打轉！茉莉跳到一隻鵝的背上，奇奇則跳上另一隻鵝。

「嘿！」警察大吼。「這兩隻鵝有車牌跟車燈嗎？」

「我去幫你問問養鵝的農夫！」奇奇大笑著說。兩隻鵝飛上空中，牠們拍動大翅膀時帶出的風，把警察的頭盔吹掉了。

「我要記下你們的名字、我要記下你們的名字！」警察生氣的吼叫。

他憤怒的在筆記本上寫了起來。茉莉哈哈大笑，笑得差點就從鵝身上掉下來了。

「他根本就不知道我們叫什麼名字，而且他竟然想要用橡皮擦寫字！」她笑著說。「喔天啊！他們真是七顛八倒的！」

彼得看到奇奇與茉莉回來時非常高興。兩隻鵝把他們帶回了遊戲室之後，嘎嘎叫著向奇奇道別，便飛回農場了。

許願椅站在角落裡。它的翅膀消失了，看起來非常淒涼。它知道自己做了不光彩的事。

奇奇把許願椅放回原本的老位置。「要是你下次聽話，我們就原諒你。」他說。

許願椅發出巨大的吱嘎聲。「它覺得很抱歉！」奇奇笑著說。

「來吧，要不要在你們回去之前，玩一盤十字棋呢？」

13 許願椅又逃跑了

一天下午，茉莉、彼得和奇奇在遊戲室裡玩國王與皇后的遊戲。他們三個人輪流當國王與皇后，披上紅色毯子當披風、戴上金色紙板做成的皇冠，而許願椅則是寶座。

現在，輪到彼得當國王了。他戴上皇冠，把紅色毯子綁在肩膀上當作披風。他覺得自己非常偉大。他坐在許願椅上，把披風環繞著自己擺好，讓它披在椅座上，下方垂落到地板，就像真正的國王披風。

接著，茉莉與奇奇對他行屈膝禮並鞠躬，詢問他有什麼命令。彼得叫他們做什麼事都可以。

「國王陛下，請問你今天要我做什麼呢？」茉莉一邊問，一邊行了一個深深的屈膝禮。

「我要妳去幫我摘六朵蒲公英、六朵雛菊、六朵小黃花。」彼得莊嚴的揮了揮手。茉莉再次行了屈膝禮，然後倒退著走出去，半途還因為踢到小凳子而差點摔倒。

接著輪到奇奇問彼得要做什麼事了。「國王陛下，請問你要我做什麼事呢？」他深深的一鞠躬。

「我要你幫我從櫥櫃的瓶子裡拿出一顆綠色的糖果。」彼得命令。奇奇走向櫥櫃，但是他沒有看到瓶子。奇奇把小鐵罐移開，開始尋找放糖果的瓶子。所以，他沒有看到身後發生的事！

彼得也沒有看到正在發生的事。發生了什麼事呢？是許願椅長出翅膀了！可是，長出翅膀的椅腳被毯子蓋住了！彼得坐在許願椅上，不耐煩的等著他們完成命令。這時，許願椅拍動了被毯子蓋住的紅色翅膀，它覺得很奇怪，翅膀拍動起來比以前還要困難很多！

茉莉正聽從彼得的命令，在花園裡摘花；奇奇還在尋找裝糖果的瓶子。這時，許願椅用盡力氣拍動翅膀，它突然上升到空中，迅速的飛出門，彼得來不及跳下來，奇奇也來不及抓住許願椅。椅子就這麼飛走了！

「嘿，茉莉、茉莉！」奇奇緊張的大喊。「許願椅飛走了，彼得也被載走了！」

茉莉哭著走進遊戲室。「我看到了！」她喘著氣說。「喔，彼得跟你怎麼都沒有看到許願椅長出翅膀了呢？現在許願椅把彼得載走了，而且我們都不知道椅子跑去哪裡了！」

「我們沒有看到翅膀是什麼時候長出來的，因為椅腳被毯子蓋住了！」奇奇說。「許願椅一定是在毯子下長出翅膀的，它在我們都沒注意到的時候，就起飛了！」

「那現在，我們要怎麼辦呢？」茉莉問。「彼得會怎麼樣？」

「我們要先弄清楚彼得飛去哪裡了。」奇奇說。「妳有沒有看到許願椅往哪個方向飛？」

「往西方飛。」茉莉說。「彼得一直大喊大叫，但是他沒辦法讓許願椅停下來。」

「好吧，我們最好出發去找他。」奇奇說。「我去找稻草稈農夫，跟他借上次那兩隻鵝。牠們一定會很不高興，但這也是沒辦法的事。我們一定要想辦法去找彼得和許願椅！」

他跑出遊戲室，往農場去了。沒多久，茉莉就聽到了拍翅膀的聲音，奇奇坐在一隻鵝的背上從天空降落，他用一根粗繩子領著另一隻飛在後面的鵝。兩隻鵝降落的時候，發出了生氣的嘶嘶聲。

「牠們覺得很生氣。」奇奇對茉莉說。「牠們原本不願意過來的，但是我答應牠們，我會叫稻草稈農夫下個星期去市場時，不要帶牠們去，牠們才願意來。」

「嘶嘶嘶嘶！」兩隻大鵝不斷嘶嘶叫，其中一隻鵝想要啄茉莉的腿。奇奇打了那隻鵝一下。

「好好聽話！」他說。「你要是敢啄茉莉，我會把你的嘴巴變成喇叭，這麼一來，你就只能叭叭叫，不能嘎嘎叫或者嘶嘶叫了！」

茉莉哈哈大笑。「奇奇，你說話真好玩。」她說。她坐到鵝的背上，鵝拍動著巨大的白色翅膀，飛上天空。

「我們首先要去的地方是雲朵城堡。」奇奇說。「住在那邊的仙子說不定會看到彼得經過，他們應該能告訴我們許願椅可能會飛去哪裡。」

他們飛往屹立在天空上的巨大白色雲朵。他們越飛越近，這時，茉莉看到了那片巨大雲朵上面有幾座塔樓，那真的是一座雲朵城堡。她覺得這座城堡是她看過最可愛的建築了。

雲朵城堡有一個巨大的閘門。兩隻鵝從閘門飛了進去，降落在霧濛濛的庭院中。茉莉打算從鵝背上跳下來，但是奇奇馬上大聲制止了她。

「茉莉，別下來！妳沒有穿踏雲板，會直接從雲朵上掉到地面的！」

茉莉待在鵝的背上。小仙子跑到了庭院裡，他們穿著彩虹色的衣服，看到茉莉與奇奇的時候顯得很開心，馬上吱吱喳喳的說起話來。他們都穿著踏雲板，看起來就像是巨大的踏雪板，可以安全的踩在雲朵城堡的雲上面。

「快進來喝點檸檬汁！」其中一位小仙子

大喊。但是奇奇搖了搖頭。

「我們是來找人的，我們要找一位坐著飛天椅的小男孩。」他說。「你們有看到他嗎？」

「有！」仙子們大喊，他們擠在鵝的周圍，鵝則不斷朝著仙子嘎嘎叫又嘶嘶叫。「他在十五分鐘前經過這裡。那張椅子有紅色的翅膀，正快速的往西方飛去。你們要是動作快點的話，說不定能趕上他們！」

「謝謝你們！」奇奇大聲說。他甩了甩綁在鵝身上的韁繩，跟茉莉再次飛上天空，穩定的往西方飛去。

「再往西方飛一陣子，會遇到一座高塔，裡面住著一隻地精。」奇奇說。「那座高塔很高、很高，高得能穿越雲朵。我們可以去高塔那裡，問問看地精有沒有看到彼得和許願椅。」

兩隻鵝繼續往前飛，不斷互相嘎嘎叫。牠們還是很生氣。奇奇不斷左看右看，想要找到高塔，但是茉莉比奇奇還要先看到高塔。高塔看起來非常古怪，它從一大朵黑雲中間凸出來，看起來非常閃亮，好像是用燦爛的白銀建造成的。

高塔頂端有一扇小窗戶，窗戶是開著的。兩隻鵝降落在窗沿上，奇奇把頭探進窗戶裡。

「嘿，高塔裡的地精！你在家嗎？」

「我在！」一個聲音大聲喊。「如果你是麵包師傅的話，給我一條黑麥麵包，謝謝。」

「我不是麵包師傅。」奇奇大吼。「上來一下！」

「好吧，如果你是屠夫的話，給我一磅香腸！」那個聲音大叫。

「我不是屠夫啦！」奇奇不高興的大喊回去。「我也不是賣牛奶的、不是賣雜貨的、不是賣報紙的、不是賣魚的！」

「也不是郵差！」茉莉大叫。「是奇奇和茉莉！」

地精很驚訝。他爬了好多好多階梯，終於爬到了高塔頂端。接著，他喘著氣把頭探出窗戶，驚訝的看著坐在兩隻鵝上的茉莉和奇奇。

「你們好啊！」他說。「你們是從哪裡來的呢？」

「這不重要。」奇奇說。「我們想請問你，有沒有看到一個坐著飛天椅的男孩。」

「有。」地精立刻說。「他在二十分鐘前經過這裡，還帶著皇冠呢。我覺得他應該是國王之類的人物。他往無賴國去了。」

「老天啊！」奇奇絕望的說。「你確定嗎？」

「我當然確定啊。」地精一邊說，一邊點著巨大的頭。「我一開始還以為他是麵包師傅呢。」

「你不管看到誰都覺得是麵包師傅吧！」奇奇說，接著他甩了甩鵝的韁繩。「鵝，走了！去無賴國。」

兩隻鵝飛了起來。地精爬上窗沿，開始用巨大的撢子清潔他的白銀城堡。

「他都是親自清潔城堡的嗎？」茉莉驚訝的問。「天啊，他一定一天到晚都在忙這件事！」

「沒錯。」奇奇笑著說。「每當他清潔到最上面時，城堡底部就又髒了，必須從頭再來一遍！」

「奇奇，你知道彼得跑去無賴國之後，似乎不太高興。」茉莉說。「為什麼呢？」

「啊，住在無賴國的是一群可怕的傢伙。」奇奇說。「仙子國度、哥布靈國度、棕精靈國度、妖精國度、地精國等國家的壞人，全都會跑去無賴國。他們總是說自己是無賴，行為舉止也是無賴。如果彼得跑到無賴國的話，他們就會像對待無賴一樣對待他，他們會期望他偷東西、撒謊還有做壞事。要是他不這麼做的話，他們就會說彼得是間諜，然後把他關起來。」

「喔，奇奇，那真是太可怕了。」茉莉難過的說。「彼得一定會很討厭那裡的。」

「嗯，別擔心，我敢說我們一定能把他救出來的。」奇奇說。不過，其實他也不知道該怎麼救出彼得，畢竟奇奇以前也從沒去過無賴國！

兩隻鵝不斷嘎嘎叫又嘶嘶叫，牠們累了。奇奇希望牠們的力氣足夠飛到無賴國。茉莉則靠在鵝的身上往下看。

「奇奇，你看。」她說。「這裡是無賴國嗎？你有看到下面的房子嗎？還有那個奇怪的鐵路，還有那些有船在上面航行的河？」

「看到了，」奇奇說，「那一定就是無賴國。鵝，下降吧，降落到那裡！」

兩隻鵝開始向下飛。牠們降落在河的旁邊，奇奇和茉莉跳下去之後，兩隻鵝立刻走進水裡，開始游泳。奇奇把牠們的韁繩綁在一根竿子上，因為他擔心這兩隻鵝可能會自己飛走。

一名無賴跑了過來。

「你們是從哪裡來的？」他問。「你是從別的國家來的信差嗎？」

「不是。」奇奇說。「我們是來找人的，那個人不小心跑到這裡來。我們想要帶他回去。」

「沒有人能在抵達這裡之後再次離開。」無賴說。「你們一定是間諜！」

「我們才不是間諜！」茉莉說。無賴拿起掛在腰帶上的哨子，大聲的吹了起來。奇奇露出緊張的表情，抓住茉莉的手。

「快跑！」他說。「要是他們覺得我們是間諜，會把我

們關起來的。」

兩個人立刻用最快的速度跑了起來，那名氣憤的無賴跟在他們後面。他們不知道自己正往哪裡跑！他們只知道，他們必須繼續跑、繼續跑、繼續跑！

14 無賴國

茉莉和奇奇沿著河邊的小路狂奔，無賴則一邊大喊，一邊追在後面。

「有間諜！」他喊著。「抓住他們！他們是間諜！」

奇奇拉著茉莉一直跑、一直跑，兩個人都跑得很快。另一名無賴聽到第一位無賴的大喊之後，試著想要抓住奇奇，但是妖精兇猛的推了那名無賴一把，無賴就這麼跌進了河裡。「嘩啦！」他氣得大吼大叫！這讓奇奇想到了一個好方法。

他拉著茉莉擠進樹籬之間、躲在裡面等著那名一直大喊大叫的無賴過來。那名無賴跑到樹籬前的時候，奇奇推了他一把。那名無賴似乎非常瘦弱，立刻頭上腳下的掉進了河裡。水不深，所以他不會溺水，但是我的天啊，他的叫罵聲響亮得不得了！

「茉莉，走吧。」奇奇說。「我們的行為越來越像壞心的無賴了，我竟然就這樣把人推進了河裡！」

他們繼續往前跑。兩個人覺得已經跑了好遠好遠。他們每遇到一位無賴，就會詢問他們有沒有在這裡見過一位人類小男孩，但是沒有人見過，他們全都搖搖頭，回答同樣的一句話。

「這個國家沒有人類小男孩。」

「嗯，這真是太怪異了。」奇奇對茉莉說。「彼得應該在無賴國裡才對啊！」

「奇奇，我說啊，我覺得好餓。」茉莉說。「你會餓嗎？」

「會，我也好餓。」奇奇說。「我們敲敲這棟小屋的門好了，問問看他們能不能給我們一點吃的。」

他敲了敲門。「叩叩叩叩。」門打開了，一名小眼睛的哥布靈站在門內看著他們。

「你們要做什麼？」他問。

「我們很餓。」茉莉說。「你可以給我們一些食物嗎？」

「你們看！」哥布靈說。他指著巷子裡，那裡有一台麵包師傅的推車，裡面裝滿了麵包。「去拿一塊麵包師傅的麵包吧。他在別的地方聊天，不會發現少了一塊麵包的！」

「我們不能這麼做！」茉莉嚇了一跳。「那是偷竊。」

「別傻了。」哥布靈用銳利的小眼睛看了看茉莉。「妳應該不介意偷竊吧？我從來沒遇過不想偷竊的無賴！要是妳害怕被抓住的話，我可以幫妳偷一塊麵包！」

他往推車走過去，沿路都貼著樹籬走，這麼一來，就不會有人發現他。茉莉和奇奇絕望的看著彼此。

「奇奇，住在這個國家裡的人都好可怕。」茉莉說。「快阻止他！我們不能讓他偷東西，我絕對不會吃偷來的麵包。」

「我們去警告麵包師傅吧。」奇奇說。但是還來不及找到麵包師傅，哥布靈就偷偷摸摸的走到了小推車旁邊，拿了一塊剛出爐的麵包。接著，他匆忙走向茉莉和奇奇，把麵包拿給他們，臉上掛著大大的微笑。

「很抱歉，但是我們不能吃這塊麵包。」奇奇說。「偷竊是不對的行為。」

「偷竊在無賴國並不是不對的行為呀。」哥布靈眨了眨狡猾的眼睛。

「不管在什麼地方，偷竊都是不對的。」茉莉堅定的說。「奇奇，走吧。我們把這塊麵包放回小推車裡。」

他們往推車走去。但是，老天爺啊，就在他們把麵包放回去的時候，可怕的小哥布靈突然用盡全身的力氣大吼大叫起來。「麵包師傅、麵包師傅！你的推車旁邊有小偷！小心啊！」

麵包師傅馬上跑了過來。他抓住了奇奇的肩膀，用力前後搖晃起來。「你這個可惡的無賴！」他大喊。

「我不是無賴！我只是把那個哥布靈偷走的麵包放回去而已！」奇奇大叫。

「你騙人！」麵包師傅說。他再次用力搖晃著奇奇，害得奇奇的牙齒都開始咯咯作響。茉莉跑過去想要救出奇奇。她試著抓住麵包師傅的手臂，但是麵包師傅用力推了她一把，讓她往後一跌。茉莉想要保持平衡，因此抓住了小推車——結果，小推車居然翻倒了！全部的麵包都滾到了地上。

麵包師傅大叫一聲，跑向他的推車。在旁邊看熱鬧的哥布靈發出了愉快的尖叫聲。茉莉和奇奇用最快的速度跑走了，他們大喊著：「我們很抱歉！但這是你的錯，誰叫你不相信我們！」

他們一路跑到一片開滿小黃花的田野。他們從樹籬中間的閘門擠了過去，接著坐下來喘口氣。

「我現在不但覺得很餓，還覺得很渴。」茉莉說。「我們要去哪裡才有水喝呢？我們可以去找無賴要一點水喝，他們總不會想要偷水給我們吧！奇奇，你看，那邊有一棟小屋子。我們過去問一下。」

他們走到小屋前的時候，覺得又熱、又渴、又累。一位女棕精靈打開了門，她看起來很不耐煩。

「我還以為是賣牛奶的人呢。」她說。

「不是，他在路的那一頭。」奇奇指了指賣牛奶的人。「女士，請問我們可以跟妳要杯水喝嗎？」

「我替你們弄一些牛奶吧！」女人說。奇奇驚訝的看著她衝向賣牛奶的人放在遠處的小推車，她轉開牛奶鐵罐上的水龍頭。牛奶從水龍頭裡流了出來，全都流到了地上。

「快過來！」女人說。「來喝牛奶！」

「我們不能這麼做！」茉莉又驚訝又生氣的大喊。「那是偷竊。喔，快點把水龍頭關起來。妳把這些牛奶都浪費掉了！」

他們聽到賣牛奶的人正一邊吹著口哨，一邊從旁邊一戶人家的門口走過來。女人跑回房子裡，她沒有把水龍頭關上。賣牛奶的人發現牛奶全都流到地上去了。他把水龍頭關上，生氣的大吼起來。「是誰把水龍頭打開的？我一定會抓住他們！」

「是他們開的，是那兩個小孩開的！我親眼看到了！」女棕精靈站在門口大叫。賣牛奶的人看到奇奇和茉莉就站在旁邊，立刻向他們衝過去。但是，他們這次在被抓到之前，就跑走了。他們跑進了一條巷子，衝進旁邊一個又黑又小的屋子裡躲起來。

「太可怕了。」茉莉說。「這些無賴一直做壞事，然後怪在我們頭上。我討厭他們！」

「噓！」奇奇說。「賣牛奶的人追過來了。茉莉，快用這個舊麻袋把自己蓋住，我也會用另一個麻袋蓋住自己。」

他們躺在角落，用麻袋蓋住自己。賣牛奶的人看了小屋一眼之後，又繼續往前跑。茉莉坐起來。她看向奇奇，大笑起來。

「你看起來又髒又熱，亂七八糟的。」她說。

「妳也是。」奇奇說。「現在，我們看起來和無賴一樣了。他們全都看起來髒兮兮又亂七八糟的！好了，我們接下來該去哪裡呢！要是能找到彼得就好了！」

他們走出小屋。炎熱的陽光照在他們的身上，他們從來沒有這麼口渴過。他們發現旁邊有一條小溪，看起來清澈又涼快。

「我們要不要喝一些溪水呢？」茉莉說。

「啊，我不喜歡喝溪水。」奇奇說。「但是說真的，我快要渴死了！我們就喝一點溪水吧。但是別喝太多喔，茉莉。」

他們在溪邊跪了下來，用雙手捧起一些水，喝了下去。噢——溪水清涼又可口。就在他們喝完水，覺得好多了之後，身後傳來了說話的聲音。

「總共兩便士，謝謝。你們喝水的這條溪是屬於我的。」

他們轉過身，發現身後有一位巫師，他帶著一頂又高又尖的帽

子，斗篷上佈滿了星星。

「我們沒有錢。」奇奇說。

「那你們最好過來替我工作一天，這樣才能付清你們喝水的錢。」巫師說。他想要抓住茉莉，但是奇奇立刻伸出手，把巫師的尖帽子往前一拉。帽子掉到了巫師的長鼻子上，他什麼東西都看不到了！

茉莉和奇奇又跑了起來。「喔天啊。」茉莉喘著氣說。「奇奇，我們的行為真的跟無賴一模一樣了，但是我們停不下來！」

「妳看！是剛剛那條河！」奇奇開心的說。「我們的兩隻鵝在那裡。茉莉，我們還是坐著鵝離開這個國家吧。我很確定彼得不在這裡。這裡的人都沒有見過他。我已經厭倦這裡了。」

「好吧。」茉莉說。他們跑到河邊，叫喚鵝過來。

「過來！我們要再次起飛了！」

就在這個時候，他們驚訝的看見一位披著綠色披肩的女巫站在岸邊大喊：「喂！別碰我的鵝！」

「牠們不是妳的鵝，是我們的鵝！」奇奇生氣的大叫。當鵝往岸邊游的時候，奇奇割斷了繩子。女巫想要抓住那兩隻大鳥，這讓牠們嚇了一跳，立刻張開了大翅膀飛上天，離開了！茉莉和奇奇絕望的看著牠們就這麼飛走了。他們的交通工具不見了！

奇奇對女巫感到很憤怒。茉莉還來不及阻止，奇奇就推了女巫一把，讓她掉進了水裡。「嘩啦！」

「奇奇！你不可以再把人推到水裡了！」茉莉一邊大喊，一邊轉身逃跑。但是，這次他們太遲了。女巫從河裡爬了出來，同時喊出了幾個魔法字眼——怪事就這麼發生了，奇奇和茉莉居然一步也跨不出去！

「所以說，你們以為自己能在把我推進河裡之後跑走，對不對？」女巫說。「哼，你們錯了！我要帶你們去見國王！毫無疑問的，他一定會好好懲罰你們的。往前走！」

他們發現，自己可以走了，但是只能往女巫命令的方向走。他們悲慘的走了好長、好長一段路，女巫就走在他們後面。最後，他們終於走到一座小皇宮前。他們走上階梯，女巫把守衛叫了過來。

「我帶了兩位犯人來見國王！帶路！」

守衛大叫：「前進！」茉莉、奇奇和女巫走進一間很大的大廳。在大廳的盡頭，有一個高高在上的寶座，上面坐著一位國王，頭上帶著金色皇冠、身穿紅披風。

而且，你猜怎麼回事？茉莉和奇奇幾乎不敢相信自己的眼睛，因為那個國王不是別人，就是彼得！沒錯，真的是彼得！他的頭上依舊帶著金色紙板做的皇冠，披著紅色毯子當作披風，他的寶座正是許願椅。許願椅的翅膀消失了，看起來就像一張平凡的椅子。

彼得驚訝的盯著茉莉和奇奇，他們也盯著彼得。茉莉差點就要大喊出：「彼得！喔，彼得！」但是彼得對她眨眨眼，奇奇也用手肘撞了撞她。她不可以把祕密說出來！

15 王子的咒語

有一、兩分鐘的時間，彼得、茉莉和奇奇都瞪著彼此，一句話也沒說。接著，女巫說話了。

「國王陛下，我為你帶來了兩名犯人。他們想要偷我的鵝，之後又把我推進河裡。」

「女巫，把他們留下。」彼得用威嚴的聲音說。「我會懲罰他們。」

女巫對國王鞠躬，接著倒退著走出去。茉莉想要偷笑，但又不敢。一直到巨大的門關起來之前，都沒有人說話。

門一關起來，彼得就跳下許願椅，張開手臂抱住茱莉和奇奇。他們開心的抱成一團。

「彼得、彼得！快告訴我們你是怎麼變成國王的！」茱莉說。

「嗯，事情很簡單。」彼得說。「你們都知道，許願椅載著我飛走了。它飛了一陣子之後開始下降，最後降落在這座宮殿的階梯上。有好幾年，這座宮殿都是空蕩蕩的。」

「這時，幾名無賴看到了我，他們發現我戴著皇冠又身穿披肩，還坐在會飛的椅子上，他們覺得我是從遠方搬到這裡住的國王，而且還覺得我會很厲害的魔法。他們對我深深一鞠躬，說我是『國王陛下』。我不知道該怎麼辦，因為椅子的翅膀已經消失了，所以我也不能逃走。我想，最好先假裝自己是一名國王，等待你們來找我。我猜你跟茱莉一定會想到方法來接我的！好了，現在換你們告訴我，你們的冒險了！」

彼得聽到奇奇把這麼多人推到水裡之後，哈哈大笑了起來。「奇奇，你真的變得有點像無賴了。」他說。「這正是無賴喜歡做的事！」

「彼得，我們現在要怎麼離開呢？」茉莉問。「要是許願椅能再次長出翅膀就好了！但是它從來不會在我們最需要的時候長出翅膀！」

「要是我們在這裡待很久的話，要怎麼跟媽媽解釋呢？」彼得擔心的說。

「嗯，這裡的一天是你們世界的一小時。」奇奇說。「所以不用擔心。就算我們在這裡住上兩、三天也沒關係，因為在你們的世界中，就只是兩、三個小時而已。只是離開幾個小時的話，媽媽不會擔心的。」

「兩、三天之後，說不定許願椅已經長出翅膀了。」茉莉高興的說。

「彼得，」奇奇說，「我覺得你應該要假裝懲罰我們，不然女巫會覺得你不太對勁。叫我們擦洗地板或是什麼的，找些事情讓我們做。」

「但是記得給我們一些食物。」茉莉說。「我們真的好餓。」

彼得拍拍手。門飛速打開，兩名士兵出現在門口。他們敬了個禮，立正站好。

「拿一盤食物給我，我要巧克力蛋糕、幾顆蘋果和一些沙丁魚三明治。」彼得命令。「還有一些檸檬汁。喔，再拿兩桶熱水和兩個刷地的刷子。我要處罰這兩個犯人刷洗地板。」

守衛再次敬禮，接著便出去了。沒過幾分鐘，兩名身穿男僕服裝的無賴進來了，他們拿著一個裝滿食物的托盤。這些食物看起來真是美味！跟他們一起進來的還有另一個無賴，他拿著兩桶熱騰騰的水、兩個刷地的刷子還有幾塊肥皂。

「國王陛下，請問，讓你單獨和這兩個兇惡的犯人在一起是否安全呢？」其中一位無賴問。

「天啊，當然安全。」彼得說。「只要他們膽敢對我皺一下眉頭，我就會把他們變成兩隻黑甲蟲！」

無賴對彼得深深一鞠躬，然後退了出去。茉莉和奇奇都笑了起來。「彼得，你喜歡假裝成國王嗎？」茉莉問。

「我才沒有假裝，我就是國王呀！」彼得說。「快過來拿食物吃吧。我也會吃一點。這些食物看起來好好吃喔。」

食物的確很好吃！但是，當他們吃到一半時，門口傳來了響亮的敲門聲。茉莉和奇奇迅速丟下三明治，拿起刷地板的刷子，讓雙手跟膝蓋都貼到地上！三名無賴進來通報消息時，他們假裝自己正認真的刷洗地板。

「國王陛下！」他們深深一鞠躬，直到額頭撞到了地板上。「天知道要去哪的王子殿下會在明天來見你，他想要和你交換魔法咒語。會在十一點抵達。」

「嗯。」彼得說。「謝謝你。」

三名無賴生氣的看著正在刷地板的茉莉和奇奇，他們說：「國王陛下，需要我們幫你揍這些犯人一頓嗎？我們聽說他們把三個人推進河裡，又把一位老巫師的帽子推到他的鼻子上，還……」

「夠了。」彼得用兇惡的聲音說。「我會親自懲罰我的犯人。你們要是阻礙我，我會讓你們一起刷地板！」

「國王陛下，請原諒我們、請原諒我們！」三名無賴大喊。他們倒退出去的速度太快，三個人撞在一起，從階梯上滾了下去。兩個孩子和奇奇笑得肚子都痛了。

「喔，彼得，你真擅長當國王！」茉莉說。「真希望我也能成為皇后！」

「我說啊！天知道去哪的王子明天要來找你，怎麼辦呢？」奇奇說。「彼得，要是他真的想要和你交換魔法咒語，事情會變得很麻煩。你知道的，因為你不會任何咒語。」

他們三個看著彼此。接著，彼得想到了一個主意。

「奇奇，你覺得，你明天能不能跟我交換身分呢？由你來負責施展咒語。」他問。「我會告訴那些無賴，我想要單獨接見王子。這麼一來，那些無賴就不會知道國王是你，而不是我了。」

「好方法！」奇奇立刻大叫。「雖然我不認識那位王子，但說不定可以想辦法騙過他。我們就這麼做吧！交換身分！」

那天晚上，茉莉和奇奇睡在皇宮的廚房裡。那裡有一個舒服的大沙發可以睡，只不過會有兩隻廚房的貓咪一直躺在他們身上。兩隻貓咪都很和善，但是牠們又肥又重。彼得睡在一間大房間的黃金床上，但是他說，他寧願跟茉莉和奇奇一起睡在有貓咪的廚房沙發上。因為睡在黃金床上實在太寂寞了。

彼得告訴士兵，他打算把茉莉和奇奇這兩個犯人留下來當貼身僕人，因此就由他們端早餐來給他吃。準備早餐的時候，他們在托盤上堆滿了一大堆各式各樣的食物！他們把早餐一一擺在桌上，三個人大吃了一頓。不過，茉莉和奇奇必須站在彼得的椅子後面吃早餐，以免有人突然跑進來。

那天早上很快就過去了，時間慢慢接近王子要來拜訪的十一點，三個人都覺得很緊張。彼得下令說他要單獨接見王子。

「在王子殿下來找我的時候，你們要在外面看守這間房間，不准讓別人進來。」他對士兵說。他們對彼得行禮，接著敏捷的走了出去。彼得說，能有兩名聽從命令的士兵實在很好玩。

「奇奇，皇冠給你。」他把金色紙板做成的王冠拿給奇奇。「這是你可以用來當作披風的紅毯子。坐到許願椅寶座上吧。我覺得親愛的許願椅不會介意被當成寶座的！」

奇奇戴上皇冠、坐到椅子上，把披肩圍在肩上。茉莉和彼得站在他的後面，表現得像僕人一樣。十一點到了。

門飛快的打開了，進來的是一名衣飾華美的高大王子。他動作輕盈的拿下頭上的羽毛帽，對奇奇鞠躬。奇奇也向他鞠躬。門關上了。

奇奇和王子開始對話。

「我正好路過你的王國，」王子說，「因此打算來跟你交換一些咒語。我有一個咒語能讓花園裡的所有雜草都變成美麗的花。你想要用你的咒語和我交換這個咒語嗎？」

「不用了，謝謝。」奇奇說。「我的花園裡沒有雜草。你的咒語對我來說沒有用。」

「好吧，」王子說，他拿出一個上面有金色小太陽花紋的袋子，「這是

另一個咒語，很有用。只要把這個袋子裡的一點點蛋殼放進蛋杯裡，然後說：『圖爾西門——魯——魯。』你就會得到一顆漂亮、新鮮的雞蛋。你可以把雞蛋拿來當作早餐。這個袋子裡的蛋殼能讓你變出一百顆蛋。」

「我不喜歡吃蛋當早餐。」奇奇說。「讓我看看別的咒語。」

「這個嘛，不然這個怎麼樣。」王子說。他拿出一頂奇怪的小帽子，上面有三顆紅莓。「只要戴上這頂帽子，就可以馬上知道誰是你的敵人、誰不是你的敵人，因為只要有敵人站在你面前，這三顆紅莓就會擺動。」

「我不用戴帽子就能知道誰是敵人、誰不是敵人。」奇奇說。「這頂帽子對我來說一點用也沒有！王子，你根本沒有我想要的咒語！」

「啊，那你又有什麼咒語呢？」王子不耐煩的問。

奇奇向空中揮揮手，周圍立刻充滿了一陣香味。這陣香味一開始聞起來像忍冬花，接著又像玫瑰花，接著又像康乃馨，接著又像香豌豆花，在場的四個人一直愉快的東聞聞、西嗅嗅。王子興奮極了。

「這個咒語真是太特別了。」他說。「我想要把這個咒語帶回去送給我的公主，她一定會很高興。」

「嗯，只要你能給我一個對我來說有用的咒語，我就會把這個咒語給你。」奇奇說。「比如，你有沒有能讓這個寶座長出翅膀的咒語呢？」

王子看了看許願椅，又摸了摸椅腳。

「有。」他立刻說。「這很簡單。要是我沒弄錯的話，你的這個寶座以前應該是一張會飛的椅子！我可以對寶座施展飛翔咒語！」

他從口袋裡拿出一個藍色小鐵罐。他打開蓋子，把手指伸進罐子裡。茉莉看到他的手指上沾滿了黃色和綠色的油膏。王子把油膏塗在椅子的椅腳上。接著，他向後退了一步，唸誦著一首奇怪的魔法歌。兩個孩子和奇奇期待的看著椅子。熟悉的紅色突起出現，接著突起破裂開來，長出了羽毛！許願椅正長出翅膀！它展開翅膀，接著拍動著，帶起了一陣風！

「快點！」奇奇一邊大喊，一邊跳上椅背。「茉莉、彼得，快上來。我們可以飛走了，快點！」

但是，這時王子大叫一聲，伸出手從奇奇頭上抓下了紙板做成的皇冠。

「你不是真的國王！」他大吼。「你的皇冠是紙板做的！別跑！士兵、士兵！快進來！」

大門飛快打開。士兵跑了進來，他們訝異的盯著許願椅上面的兩個孩子和妖精。

「回家，椅子，回家！」許願椅上的三個人大叫。「從窗戶飛出去！」

許願椅升到空中，它踢中了王子，王子跌倒了。彼得則踢中了士兵，把他們的頭盔踢掉了！許願椅從窗戶飛出去，上升到高空中。萬歲！他們離開了無賴國，這真是個好消息，因為正如彼得所說的，要是他們在那裡待太久，很可能會變得和那些無賴一樣壞——把人推進河裡、一腳把人踢倒、用別人的帽子罩住他們的眼睛！

「不過，我倒是有點享受這次在無賴國當國王的經驗。」奇奇說。許願椅飛進了遊戲室。

「幸好，我被許願椅載到無賴國之前，我們剛好在玩國王與皇后的遊戲。」彼得說。「被大家認為我是國王可真是件好玩的事！」

★ 結語 ★

彼得、茉莉、妖精奇奇
與許願椅的故事就到這裡了，
但是，
冒險故事永遠不會結束，
翻開下一頁，你也來創造屬於
自己的許願椅冒險吧！

挑戰你的
許願椅冒險之旅！

茉莉、彼得、奇奇、許願椅的故事，就到這裡告一段落了。但是，他們的冒險故事永遠不會結束。或許，當你某一天抬頭看向天空時，會看到許願椅就這樣從好高好高的天空中飛過去！又或許，當你不小心走進了一間舊商店，角落裡那張舊舊的、佈滿灰塵、不起眼的椅子，就是神奇的許願椅喔。

現在，讓我們一起回想看看許願椅的冒險，如果是你，你可以克服所有的困難，帶著許願椅逃離可怕的壞巫師、邪惡的哥布靈，或是從危險的咒語國、驚訝島上安全離開嗎？

恭喜你，答對了！
前往下一場冒險吧。

B

Q1

在舊店鋪裡，凶巴巴的巫師店長正逼迫你把不小心從魔法箱中逃出來的藍色蝴蝶與狐狸抓回箱子裡，否則就不能離開這間店鋪。這時候，你看見角落有兩張椅子，你知道哪一張是許願椅嗎？

A：這是一張華麗的椅子，上面鑲滿各式各樣美麗的珠寶。

B：這是一張簡單、平凡的椅子，有著舊舊的木條，還有普通的椅墊。

A

Q2

你坐著許願椅，飛到了巨人的城堡。為了救出被巨人關起來的妖精奇奇，請幫巨人算出3 X 7等於多少呢？

A：21。

B：25。

B

哎呀！選錯了，無法解救奇奇，還要待在城堡裡幫巨人算數。

A

恭喜你，答對了！前往下一場冒險吧。

Q3

蘋果派村莊來了一位討人厭的巫師，他叫什麼名字呢？

A：嚯嚯巫師。

B：吼吼巫師。

A

B

哎呀！選錯了，只好待在商店裡幫巫師店長抓蝴蝶與狐狸了。

恭喜你，答對了！前往下一場冒險吧。

哎呀！選錯了，我們再也找不回許願椅了！

A

Q4

B

前往天知道要去哪國度時，許願椅被人偷走了！偷走許願椅的是誰呢？

A：哥布靈詭詭。

B：棕精靈眨眨。

哎呀！選錯了，咒語先生的貓決定不幫我們聯絡咒語先生了！

Q6

妖精奇奇被巨人阿扭抓住了！我們要到阿扭的城堡救出奇奇，阿扭的城堡叫什麼名字呢？

A：散步城堡。

B：漫步城堡。

B

A

恭喜你，答對了！前往下一場冒險吧。

哎呀！選錯了，許願椅被巫師搶走了。

Q5

夜晚，許願椅長出翅膀自己逃走了，還一併帶走了奇奇。我們要趕快去找咒語先生幫忙！前去尋找咒語先生的路上，我們遇見了咒語先生的貓，他叫什麼名字呢？

A：煤灰。

B：眨眨。

Q7

眨眨跟奇奇大吵了一架，兩個人都被對方的魔法擊中了！我們必須趕快到咒語國去解救他們，他們被魔法變成了什麼呢？

A：眨眨變成了一股臭味，奇奇變成了一陣煙霧。

B：眨眨變成了一股香味，奇奇變成了一陣風。

B

A

A

B

恭喜你，答對了！前往下一場冒險吧。

恭喜你，答對了！前往下一場冒險吧。

哎呀！選錯了，奇奇被永遠關在阿扭的城堡裡了！

恭喜你，答對了！前往下一場冒險吧。

Q8

許願椅飛到了美麗的彩虹上面，聽說彩虹的尾巴有一甕金幣，要怎麼做，才能得到這甕金幣呢？

A：沿著彩虹溜下去。

B：從彩虹最頂端飛過去。

A

恭喜你，答對了！前往下一場冒險吧。

B

哎呀！選錯了，彩虹的金幣不在這裡。

哎呀！選錯了，眨眨跟奇奇永遠變不回原樣了！

恭喜你，答對了！前往下一場冒險吧。

Q9

聖誕老人的馴鹿雪橇撞壞了，只好來借許願椅送禮物。想要跟聖誕老人一起從煙囪溜下去送禮物，需要什麼魔法道具呢？

A：魔法油。

B：長翅膀油膏。

A

B

哎呀！選錯了，卡在煙囪上了，只好等聖誕老人來解救你了。

Q10

這一次冒險，我們來到了雲朵城堡，我們要穿什麼樣的魔法裝備，才能在雲朵上走動呢？

A：仙子環。

B：踏雲板。

A

哎呀！選錯了，沒有正確的魔法道具，就會從雲上掉下去喔。

B

恭喜你，答對了！前往下一場冒險吧。

Q11

為了幫助歡樂王子拯救他的姊姊蘇菲公主，我們必須先找到地圖，才知道抓走蘇菲公主的綠綠妖術師住在哪裡。這張地圖在誰的手上呢？

A：哥布靈哎呀呀。

B：哥布靈大耳。

A

哎呀！選錯了，我們救不回蘇菲公主了。

B

恭喜你，答對了！完成了你的許願椅冒險之旅。

許願椅的故事讓你意猶未盡嗎？翻開下一頁，看看還有哪些精采的故事等著你來探索吧！

適讀年齡 9～14歲

☑ 想像力發展　☑ 加強字彙力
☑ 閱讀力培養

許願椅2

許願椅失蹤了

英國最受歡迎童書女王
華德福中小學指定閱讀

愉快的假期終於來臨了！茉莉、彼得與小妖精奇奇，又可以坐上許願椅，一起到各個奇幻國度展開刺激的冒險。但是，在前往「天知道要去哪」王國的時候，許願椅居然失蹤了！

許願椅到哪裡去了？沒有許願椅，不但不能到各個奇幻國度冒險，更重要的是！他們根本回不了家了！

到底是誰偷走了許願椅？他們的神奇冒險，就要畫下句點了嗎？

許願椅3 完結篇

許願椅又逃跑了

英國首相推薦
童年必讀枕邊書

期待已久的期中假期終於來臨，從寄宿學校回到家裡的茉莉與彼得，終於又可以和妖精奇奇坐上神奇的許願椅，到各個奇幻王國冒險了！他們忙著幫棕精靈付罰金、忙著解救被魔法變成黑貓的王子，還要小心調皮的許願椅又要脫逃了……這次的冒險聽起來怎麼有點危險啊！茉莉、彼得與奇奇，又會遇到那些奇妙的魔幻事物、碰見哪些奇特的妖精、女巫、巫師，又會坐上許願椅，到達哪些奇特的國度呢？

適讀年齡 9～14歲

☑ 培養美感教育 ☑ 加強字彙力
☑ 閱讀力培養

在威斯康辛大森林裡，住著小女孩羅蘭，還有爸、媽、姊姊瑪莉與小寶寶琳琳。在奇妙的大森林裡，每天都可以看見動物鄰居的蹤影，有：貪吃的大熊、膽小的鹿媽媽與鹿寶寶、好奇的小松鼠……當然，還有可怕的狼與黑豹。

北風呼呼的吹，狼群在小木屋外發出可怕的低嚎。寒冷的冬天即將到來，大森林裡，又會有什麼有趣的故事呢？小女孩羅蘭，又會看見哪些奇妙的森林動物呢？

「小木屋」系列是美國著名拓荒文學作家羅蘭．英格斯．懷德最美好的童年回憶。在書中，羅蘭用小女孩的眼光，觀察生活中的點點滴滴，也看見最原始自然的生活方式。透過日本繪本大師——安野光雅清新、優雅的插圖，讓大森林的情景，生動、活潑的展現在你我眼前。

世界歷史、藝術史》系列

給中小學生的世界歷史 博客來暢銷榜

【全套四冊，含經典英語學習版】

Q：你知道，發明字母ABC的人，其實是腓尼基人？

Q：你知道，在中世紀時，基督徒不只在做禮拜才去教堂，而是天天去？

（附贈全彩世界歷史大事紀）

給中小學生的藝術史

【全套四冊，含經典英語學習版】

Q：你知道，埃及人畫人像時，雖然人臉是側面對著我們，眼睛卻可以盯著我們看？

Q：你知道，其實古典派畫家超級討厭浪漫派畫家？

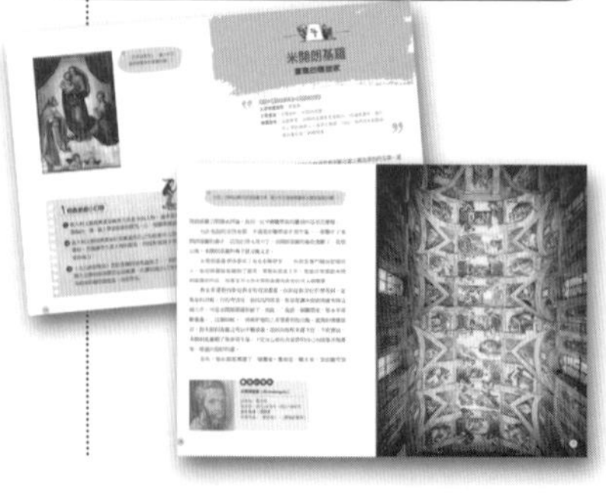

小樹文化 Little Trees 認識世界 《給中小學生的世界地理、

美國最會說故事的校長爺爺，帶你環遊世界，發現世界的故事

完整的跨領域、知識性讀物
全台50位教育人士、讀者一致推薦

美國最會說故事的校長爺爺
維吉爾·希利爾
（Virgil Mores Hillyer）／著

★「中小學生優良課外讀物推介評選活動」獲選書籍
★香港誠品童書類排行榜TOP10
★美國外交部鼎力推薦，美國中小學生的最佳讀物
★入選「影響中國孩子一生的十大圖書」
★連續兩年入選中國教育部推薦「小學生基礎閱讀書目」

給中小學生的世界地理 博客來暢銷榜

【全套三冊，含經典英語學習版】

Q：你知道，只要伸出左手，就可以輕鬆理解墨西哥灣旁邊的地理概念嗎？
Q：你知道，只要把歐洲地圖轉半圈，就可以看見一個愛踢足球的老奶奶嗎？

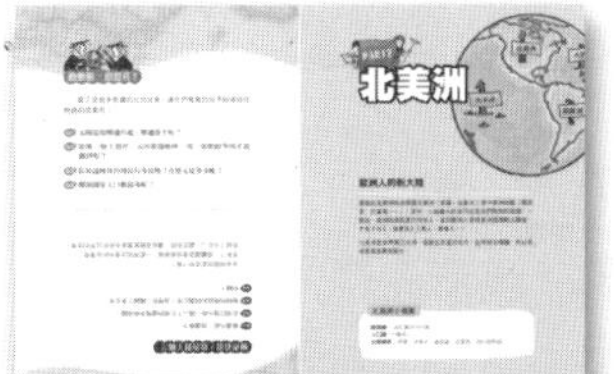

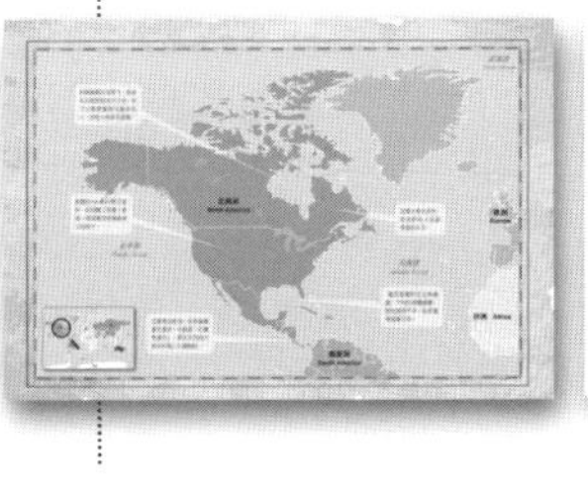

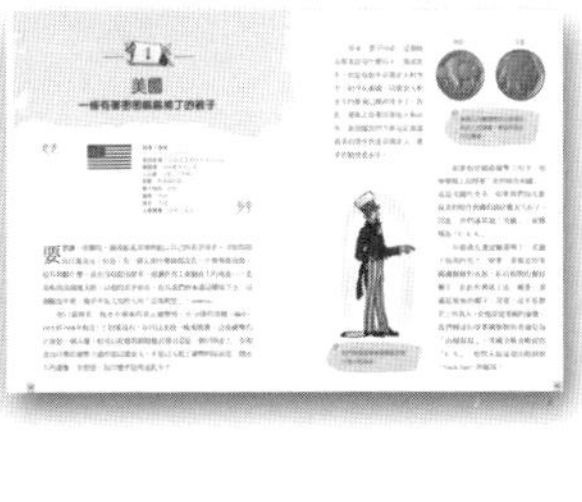

適讀年齡 9～14歲

☑ 建立基礎科學概念 ☑ 認識重要科學家
☑ 啟發學習興趣

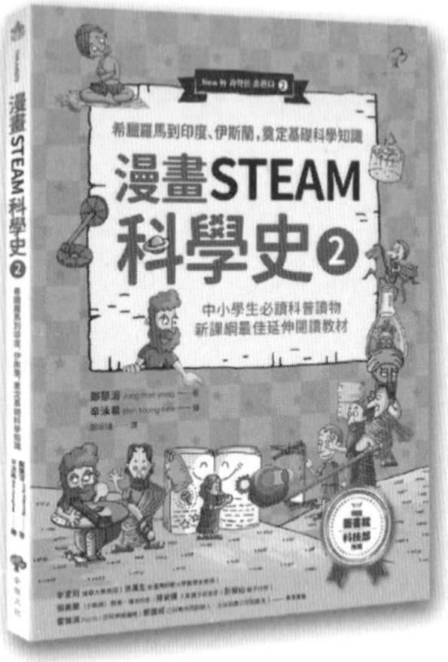

漫畫STEAM科學史 2

希臘羅馬到印度、伊斯蘭，奠定科學基礎知識

（中小學生必讀科普讀物‧新課綱最佳延伸教材）

Q： 阿基米德真的可以用一個人的力量，就把船拉回岸邊？

Q： 沒有望遠鏡、太空船，古希臘人怎麼算出地球到月亮的距離？

Q： 我們說的「阿拉伯數字」，其實是印度人發明的？

專業推薦

李家同（清華大學教授）、洪萬生（前臺灣師範大學數學系教授）、張美蘭（小熊媽）（教養、繪本作家）、陳安儀（人氣親子部落客）、彭菊仙（親子作家）、雷雅淇（PanSci泛科學總編輯）、鄭國威（泛科學共同創辦人、泛科知識公司知識長）

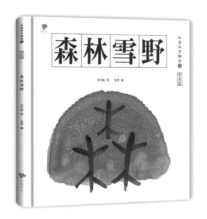

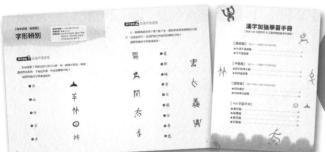

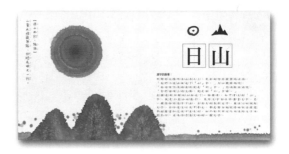

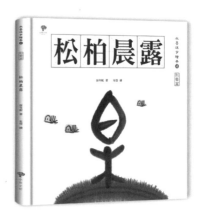

適讀年齡 7～12歲

☑ 培養美感教育
☑ 加強字彙力
☑ 想像力發展

薔薇村的故事3

秋林裡的大冒險

薔薇村的故事4

飄雪的冬季舞會

誠品選書

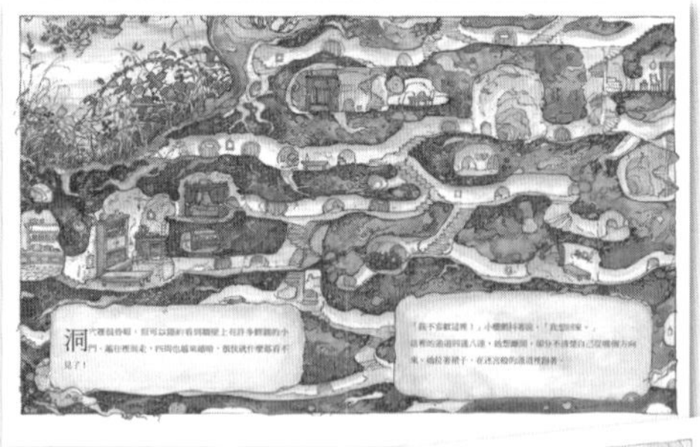

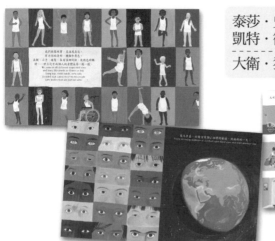

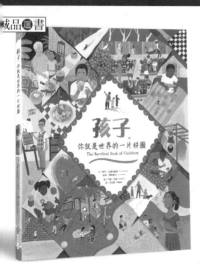

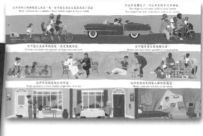